电影绘本小说

无痛之躯

王晓丰

著

辽宁人民出版社

图书在版编目(CIP)数据

无痛之躯 / 王晓丰著. 一沈阳：辽宁人民出版社，2016.1
ISBN 978-7-205-08459-2

Ⅰ.①无… Ⅱ.①王… Ⅲ.①长篇小说 - 中国 - 当代 Ⅳ.① I247.5

中国版本图书馆 CIP 数据核字 (2015) 第 284066 号

出版发行：辽宁人民出版社
　　　　　地址：沈阳市和平区十一纬路 25 号　邮编：110003
　　　　　电话：024-23284321 (邮　购)　　024-23284324 (发行部)
　　　　　传真：024-23284191 (发行部)　　024-23284304 (办公室)
　　　　　http://www.lnpph.com.cn
印　　刷：沈阳新天地印刷有限公司
幅面尺寸：165mm×230mm
印　　张：17
字　　数：210 千字
出版时间：2016 年 1 月第 1 版
印刷时间：2016 年 1 月第 1 次印刷
责任编辑：艾明秋
装帧设计：柳　子
责任校对：王晓秋
书　　号：ISBN 978-7-205-08459-2

定　　价：30.00 元

今天以后，有墙翻墙，有山爬山，有险冒险……

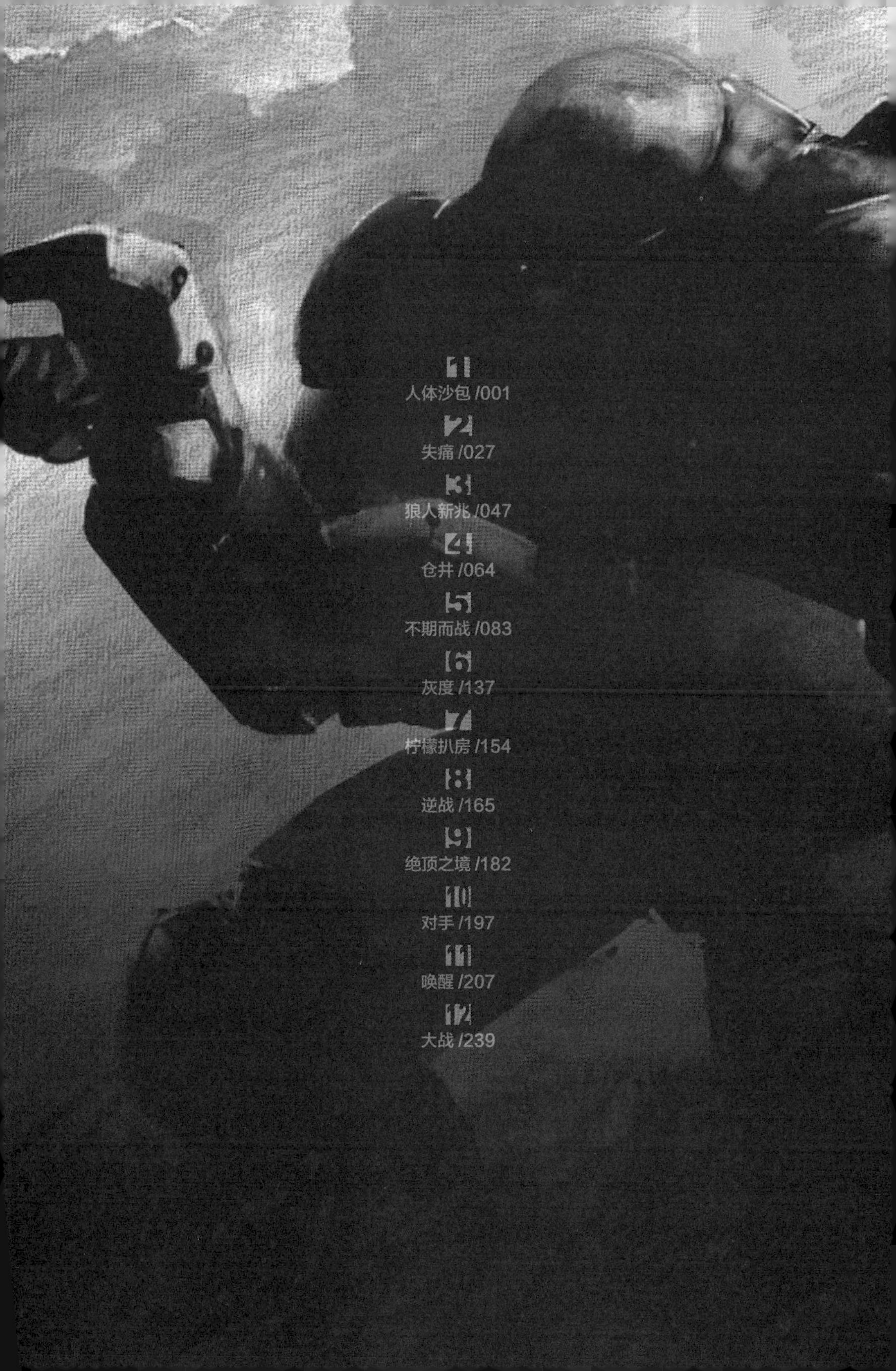

能越过去吗？嗯……墙高五米，墙厚半米，表层凹凸近八度，踏点三个，弹力四十，跳跃旋体维度大于百分之六十，嗯……也许大概差不多应该能吧！什么跟什么嘛？你能越过去，那边的世界就是你的……

11 人体沙包

小童飞快地向前冲，嘴里数着 1、2、3、4……嗖地一跳……他还在翻越着那道水泥围墙。

噢！那道墙，实在是又高又厚。每次都差一寸，只要右手搭上墙头，他就能嗖的一下飞身而过！可是好多天了，先是啪叽一声……撞在上面，再是噗通一声……摔到下面，人就窝在墙角蠕动，一时爬不起来……额头、眼角、肩膀头、胳膊肘和膝盖全蹭破了，换了别人早不干了，干吗非要跳墙啊？痛也痛死了！再说旁边不到五米就是个小豁口，爬进去不得了？不行！小童第一天看见这道墙就站在那自问自答：能越过去吗？嗯……墙高五米，墙厚半米，表层凹凸近八度，踏点三个，弹力四十，跳跃旋体维度大于百分之六十，嗯……也许大概差不多应该能吧！什么跟什么嘛？你能越过去，那边的世界就是你的……你到底能不能？好吧……切！这么着，每次撞啊摔的，天天带伤。那，问题来了，天天带伤的这么翻腾又为什么呢？青春躁动热血沸腾？未必！撞成这样总不能说哥翻腾的不是墙而是热血吧！躁动青春无处安放？去打电游嘛！那玩意儿不更刺激更消耗更爽更有存在感嘛！对了，跑酷？做个少数派？嗯哼，对不对呢？飞越而起的身影，还颇有几分酷少范儿，好好飞着，以后或许有用！

以后？谁知道呢！今天之后有墙翻墙有山爬山有险冒险就是了。一个巨蟹少年的担当与逃避在小童身上颇有点哥只活在当下的随性而为，以后……以后是个最最不确定的鬼！那些老渔民的话至今犹在耳边以环绕立体之声嗡嗡作响：唉！这孩子，以后可怎么办呐？好像之前他们都商量好的，先丢下这句情真意切掷地无声的话，再丢下几片晒鱼干儿，留给小童一个风吹浪打的沧桑背影！像3D似的，逼真而又虚幻。对，末了再发出一声长叹！遥想……十二岁以后的生命轨迹相当混乱但不茫然，单打独斗的日子也得活出个样子来对吗？凡事听自己的，别人有的我没有也不服输、不在乎，不典型的巨蟹少年啊！嗯哼……不是说了吗？有墙翻墙有山爬山有险冒险嘛！他喜欢折腾自己，他不想以后，他讨厌烟花，他这么玩儿——Happy New Year 的时候，用防水布裹好几本书捆在后背游到荒蛮小岛待上一段时间，歪歪爽地用短刀削一堆长短粗细不一的小树桩放在手边，做什么用呢？当然不是烧火，是用来插鳄鱼的大嘴！就那两扇长长扁扁百十颗獠牙利齿的鳄鱼的大嘴？是！小童觉得鳄鱼的大嘴有时候挺好插的，就分三步——把树桩杵进嘴，把嘴牢牢支住，把手轻轻移开、打个 OK 的手语，完了！有时五六条被支起大嘴的鳄鱼眼巴巴木讷讷绝望望地陪着他看国产漫画书和大海上的日出……然后死等，一等等七天，等黎明的流星雨，那情景……连那些鳄鱼都流泪了，他说自己也是深感壮观！爽歪歪地玩够了也饿瘦了就胡子拉碴地游回来，把自己弄个少年老成样儿。接下来呢？沿着海岸线的沙带跑上几天几夜……吃饭睡觉以外都在跑，没知觉似的不停奔跑的放纵样儿又像什么呢？发条少年！嗯哼，像个发条少年！小童不说什么挑战自我啦，寻找什么什么价值之类啦！有什么好说的吗？男孩嘛，天性血性任性不都在骨子里魔鬼般纵横驰骋吗？那玩意儿谁能拦得住啊！拦它干吗？反正不用向别人交什么待负什么责嘛！他就这么着捱过了十二年。

　　对了，还超喜欢自己没知觉似的不停奔跑的放纵样儿呢！

此刻，小童嘴里数着1、2、3、4……嗖的一下，飞身越过了那道又高又厚的水泥围墙！

一落地，他连着跳过地上的几片水洼，噌噌几下蹿上残垣断壁的建筑高处，再顺着破裂的铁制楼梯呼呼地跳跃到低处的网状平台上，动作利落，灵活得像一只猴子。

晨曦渐露，废墟之地有如匍匐的巨兽，小童上上下下魅影般地飞跃着。

嗯哼，发条少年来喽！

他攀爬到顶点的铁架子上，擦着汗望着远处晨光中的新干线，几只孤单的乌鸦在铁架周围飞旋着，从这里俯瞰自己租住的半坡一带，犹如一池幻城。

跑过店铺林立的小街巷，一只老流浪狗趴在木板台阶上做梦，似被一阵风惊醒，它懒懒地转过头，困顿地看着飞掠过的小童的身影。

路灯无声地熄灭了，一些早开的店铺主人刚刚打开门栅，点起了油气灯，做好营业的准备。在一间卖鲜奶的铺子前，小童取了两袋低脂牛奶塞进腰包，然后把零钱扔进旁边的木盒里。店铺老板头也不抬地忙着手上的事，扯着哑嗓子哼唱着不着调的哪门子歌谣：吱吱吱……吱吱吱……早起的虫儿被鸟吃……吱呀吱呀吱……小童笑笑接着往前跑去，后面传来哑嗓子的扯喊：加油噢！

他举起手臂向后挥挥，拐出窄巷踏上一条又陡又长的石板天阶，快速向顶端攀跑而上。

这是一片叫作半坡的老旧街区，它依山盘垣，街路十转八回，空间高低错落逼仄复杂。从高处鸟瞰，地势形态好似汉语的"囧"字，小童就租住在其中的一个旧公寓中。

11
人体
沙包

人体中住着一个魔鬼，

它睡在那儿，

像一个打盹儿的老人，

随时会被吵醒，

一旦它醒了，

就会有事发生……

天光大亮时，满头汗水的小童回到自己的租住房里。狭促的空间，只有高处的通风窗口透射下一缕日光。小童察看着脸上的伤，瘀青、红肿，他用手轻轻一触，嘴角一撇，仿佛那伤与他无关似的。

他倒了一杯牛奶，仰脖喝下，又往杯子里打了三个生鸡蛋，学着洛奇的样子咕噜咕噜吞掉。然后，从屋角的一堆脏衣物里挑出一件褪色的红帽兜衫，凑近鼻子嗅了嗅味道穿上身，再把拳击手套塞进挎包里，转身出门。

1
人体
沙包

上上，下下，左左，右右……

小童坐在新干线上，嘴里低哑地重复着某种节拍，上身随之微微晃动，有的乘客在偷眼看着他。

左直，右直，左摆右摆，下勾下勾，上上下下、左左右右……

他旁若无人地默念着，眼神很犀利，仿佛自己面前的空气中站着某个人。

小童急急地穿过往来人流，眼睛盯住前面的一个点。

左左右右、上上下下，左直右直……

他依然不停地默念着，迎面而来的人流在他左右擦肩而过，他念叨得越来越快，人流的速度也越来越快，像一个个黑影般冲他直撞过来，耳际传来某种击打声，越来越响……

峻先生正在观察着面前的一个玻璃池，里边几只幼鳄上下蹿动着等待喂食。他身边站着健硕的黑人魔兽，神情紧张地看着他。

魔兽：先生，我可不可以 K 掉那个中国的人体沙包？

峻先生拿起桌上的一个玻璃罐，眼睛盯着罐里的一堆小白鼠。

峻先生：为什么？

魔兽：他……他激怒了我……我……

峻先生用眼神打断了魔兽，然后打开罐子把小白鼠倒进玻璃池里。

魔兽：先生……

峻先生盯着那些抢食的幼鳄们，用嘘声示意他闭嘴，然后看着池子里喊喊喳喳的猎食，嘴里发出嗤嗤嗤的低笑，听着叫人脊背发麻。

峻先生：我做的是娱乐，你说的是暴力！

他拿起烟缸上的雪茄用力抽了几口，冲着魔兽做了个轻微的手势，魔兽赶忙把右手伸出来，峻先生用雪茄的烟头在他的手掌心上画着圆圈，魔兽忍受着灼烧，巨大的手掌一直平伸在那里，峻先生专注地看着烟头，悠然地吐出一口烟。

峻先生：人体中住着一个魔鬼，它睡在那儿，像一个打盹儿的老人，随时会被吵醒，一旦它醒了，就会有事发生……

他收起烟头眼睛不抬地柔声命令道：下去吧。

魔兽无奈，愤愤地转身离去。

峻先生坐回到沙发上，身后站立的中国松骨师阿小接着给他按摩脖后颈。

峻先生：我们做的是娱乐对吧？

阿小：对，先生，非常娱乐。

峻先生：嗯，我早跟兽儿讲过，有些事，能做不能说，快开场了，你也下去吧。

阿小：是，先生。

小童站在京都博击会的门口，抬头看了一眼顶层的招牌，不知为什么，他总觉得那个博字写错了。

他穿过健身中心的回廊走到里面的一个过厅里，在一处写有候场区的玻璃大门前停下，伸手在旁边的门禁盒上按了几个密码，玻璃大门自动开启。他深深地呼了一口气，走进里边一条很长的走廊，在其尽头的候场区里有几排小小的铁柜子，是和他一样的"人体沙包"们的更衣处。此时，小童经过一间休息室门口，被一个沙哑的声音喊住，魔兽正坐在舒适的沙发椅子上，阿小为他揉捏着左臂。

魔兽：中国小男孩，哎……喊你呢，中国小男孩，你说……我今天是敲碎你的下巴还是踢爆你的老二？你自己选，哈哈……

阿小仔细地看看小童，另外几个换衣服的攻击拳手跟着起哄或冲小童吹着口哨，引起一片小小的躁动。小童最恨魔兽喊他男孩儿了，好像自己弱弱的，他才不干。

小童：哎哎……我被你打，那是为了钱唉……无脑的黑鬼！

说罢，小童眼睛斜视着他，举起右手做了个数钱动作，然后向走廊尽头的更衣处走去。耳边传来魔兽气急的喊叫声。

——中国小男孩，×的，你别走，我现在就打爆你的头，×的，干你干你……

站在自己的铁柜前，小童泄愤地打了柜子两拳，猛地转过身用后肩撞击着，再用脑门抵住柜子上的图案，那上面是一些攻击拳手的战绩海报，其中也有魔兽的内容，他盯着那些海报喘粗气，一旁正在换衣服的泰拳手梨球抬头看看小童。

梨球：哎，谁又惹你了？

小童：×的，那个蠢黑鬼，"中国小男孩……"他就是个死变态……

梨球：谁呀？魔兽吗？忍忍吧，我都来了一个多月了，还不是每天挨打受辱的。

小童：挨打不怕，受辱不行！

梨球：唉！看在钱的分上吧……

这边休息室里，阿小还在给魔兽按摩松骨。

阿小：那个男孩儿……新来的吗？

魔兽双臂紧绷，满脸的烦躁。

魔兽：是头难骑的小野马。不好打……猴子一样！在台上，你要是
追打他就错了，能玩死你……上次我都把他钉死在拳角了，×的！拳
头打在他的脸上，好像痛的是别人……今天我要干死他！你就等着见
血刺激吧……中国小男孩，轰轰！

接着，魔兽打开了无线耳麦。

魔兽：呼呼……给我下生死牌，嗯……对……战队八号，人体五号！
轰轰！

博击会幽深的通道里，小童和梨球穿行而过。两人边走边看着墙壁
上的数字影像屏幕，那上面循环呈现着攻击拳手的各类信息，有媒体
赛事报道和拳迷见面会现场，还有与各类大人物的合影以及大小赛事
的辉煌战绩简述……行走其中，恍如置身于拳击圣殿般星光闪耀，若
不仔细辨别，还以为是进了世界拳击名人堂呢。从上面俯瞰，这里三
大区域相互连接又互不干扰，每个竞技台四周都是重叠构建的 LED 屏
幕，空间顶部纵横交错的钢铁滑道上布置了多点摄影镜头，无死角地
记录着一切。环绕外围的是各种候场区和救护室，再由"回"形的通
道将它们连成一个整体，呈现了一种怪异的不失恢宏的场面。竞技场
有三个，中间的是拳击台，比正常职业赛的还大一些，它的围绳很特别，
上面布满橡胶材料的锥形刺，看着像狼牙棒，暴力凶狠又变态。两边

是女子摔角台和自由格斗台，铁笼子上挂着残肢断臂骷髅头，各种变态玩意儿都有，充满了暴虐的感官刺激……

他们在拐角处遇到救护们抬着一个女摔角手，那个女子头向下仰着，散乱的长发几乎拖地，看样子伤得很重，脸和头发上都是血，两眼直勾勾地盯着小童擦身而过。经过摔角手的候场区时，几个身材高大的美女摔角手用凶残淫虐的眼神逼视着他们。两人进入了拳击台下的候场区。一个攻击拳手正在台上热身，动作凶猛。小童坐在一排人体沙包中间，他们身上都有编号，随时等着被攻击拳手挑选上台。

此时，一个手持话筒的人大声喊道：三号上台！三号上台！

梨球应声冲向拳击台。

这是一种虐人的拳击游戏，由攻击拳手对战人体沙包，其表面特征是带有很强烈的表演色彩，但是打着打着，双方都被对手激怒了，场面就会变得越发的血腥残忍，这个时候，人体沙包的性命安危就只能是听天由命了。它有一项让攻击拳手玩命的规则，即每个攻击拳手如果在五分钟内打倒或击晕对手，就可自己指定更换一名人体沙包，打得越多积分越高赏金越丰厚。如果攻击拳手在五分钟内没有击倒对手或被对方击倒，则当天不能再战。反之，人体沙包若连续三次击倒对手，就可升级为攻击拳手。这在一个场次内，概率几乎为零。

拳台上，那个凶狠的攻击拳手不到一分钟就把梨球打晕抬了下去。接着，他选了五号——小童。他的拳头像雨点一样砸向小童，小童灵活地左躲右闪，满台上跑着跳着，那家伙大部分的重击基本落空，气得在拳台上大叫着，更让他受不了的是，自己每出一拳小童都能准确地喊出"上上下下，左左右右……"那情景就像是他得听着小童的节拍口令出拳一样。

攻击拳手：他 × 的，闭嘴！

接着又一轮凶猛进攻，"左直左直、右摆右摆、直刺直刺……"原来这名拳手习惯于一个进攻动作连续做两次，一虚一实，小童正是抓住了他的这一规律，故意用这种方法激怒他。这家伙一怒，动气伤神，看着凶狠实则攻击性锐减。

此时，阿小始终在台下近距离地看着小童的打斗状态。

五分钟后，铃响，时间到，两个人气喘吁吁地对视着，那个攻击拳手被淘汰出局，气得直打自己脸，就在小童转身挥舞着手臂时，他从后面发疯地冲过来一拳砸在小童的后颈上，阿小大喊一声：小心！

小童扑通一下倒在台上。

场裁将违规的攻击拳手罚下了，阿小冲上拳台，他俯身看了看小童的状况，嘴里喊着伤停伤停，然后将小童翻转过来，伸出手指在他面前晃动着。

阿小：几？这是几？快说！

小童刚要回答，被阿小一把捏住了嘴巴发不出声来，他快速向身后的现场救护一挥手，立即有三个人冲上来把小童抬出赛场。

阿小在自己的休息室里为小童简单地处置着瘀伤。

小童：我来两周了，怎么没见过你？

阿小：我请假了，今天有事过来，就帮帮手。

小童：其实我还能打，刚才……

阿小：我叫阿小，你可以叫我小哥。

小童：哦，小哥……我是说刚才测试……

阿小：我在这很久了，开始也是拳手……

小童：知道了小哥，我是说我还能接着打，你干吗阻止我？他们会

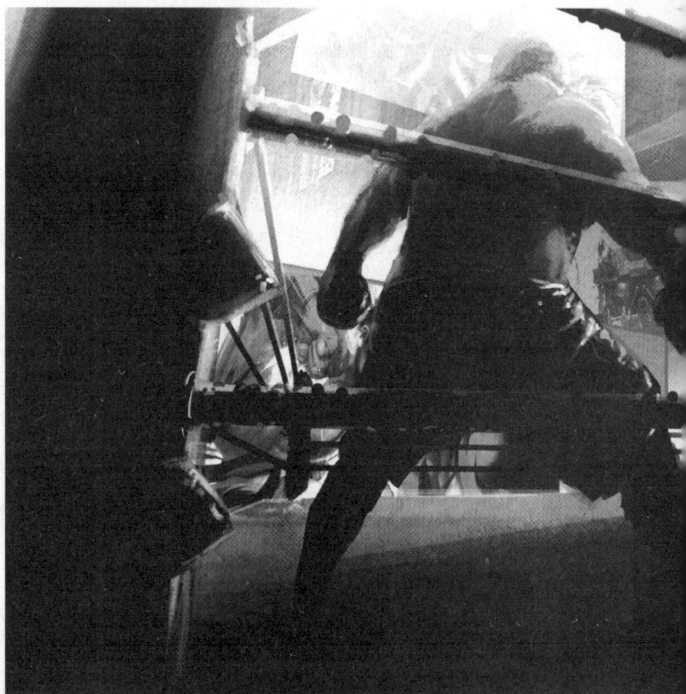

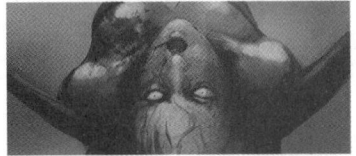

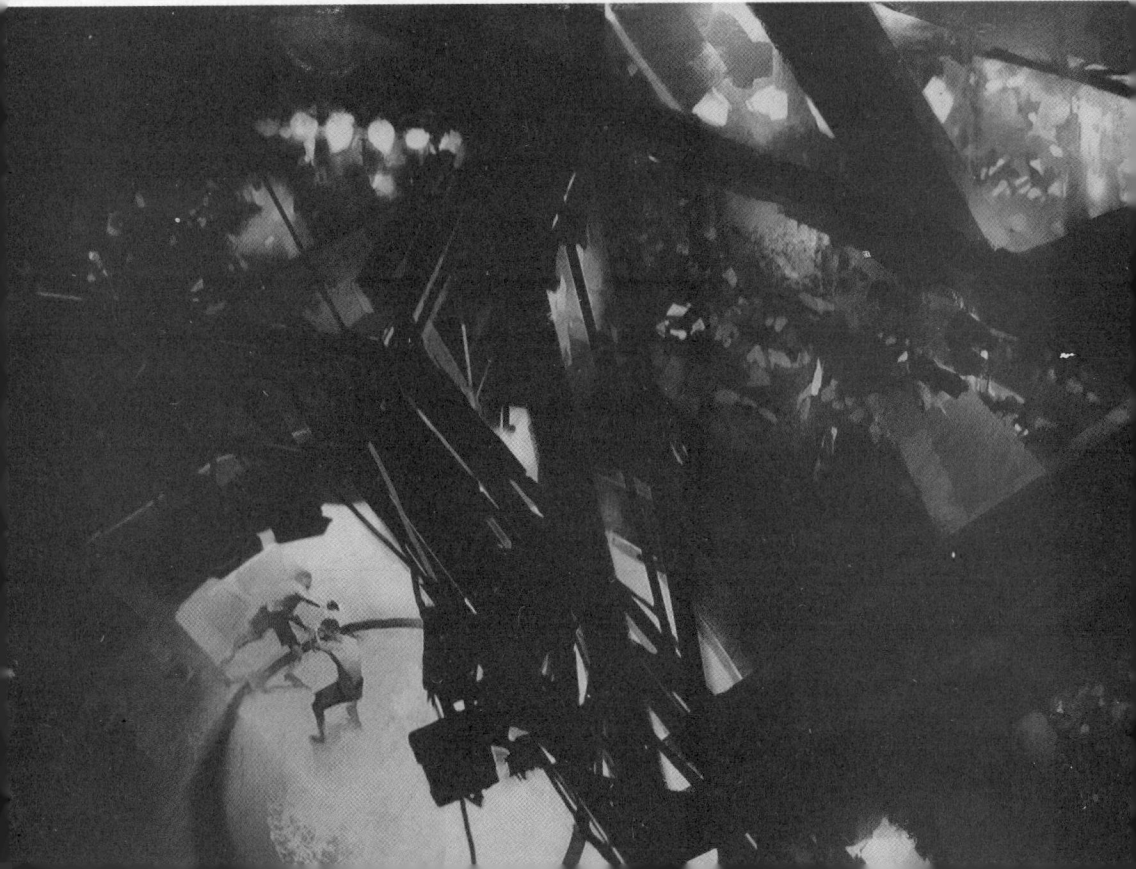

扣了我的钱，你给？

阿小平静地看了看小童，然后把墙壁上的一块屏幕打开，他们可以清晰地看到拳台上的一切。此时，黑人魔兽正在击打一个亚洲人体沙包，那个拳手被打得满脸是血，身体软绵绵地栽倒在拳台上，身后的LED屏幕上闪烁着恐怖血腥的画面，魔兽冲四周凶狠地咆哮着。

中国小男孩！中国小男孩！

阿小：我知道该魔兽上场了，他要找你，没人挡得了，今天，他会要了你的命。

说着，阿小听了听外面的动静。走廊里一片混乱，他急忙把小童拉到屏风后面的墙角，不知按了哪里，小童的面前出现一道向两侧滑动的活体墙，里面是一处暗红色的小空间，阿小用力把他推了进去。

阿小：魔兽来真的了，躲起来等我。

一转身，几个凶猛的家伙推门而入。

空间很狭小，比照片暗房还暗一些，小童摸索了半天也没找到其他光源，用手指敲敲墙体，像是铁皮的，抬头看头顶，几缕微弱的光线明灭闪动着，可能是个通风口吧。一阵躁人的闷热强烈袭来，他低头擦擦汗，全湿透的，擦不擦没区别，于是靠墙坐下，听着自己的呼吸声，闭眼回神，想着外面可能发生的事情。

小哥为什么要救我呢？他能挡住冲进来的人吗？他们会不会伤害他？魔兽真的够胆杀了我吗？如果下了生死牌或许还有救，要是启动围猎模式就会死得很惨了。想想吧，把一只追赶的再也跑不动的小鸡塞进几只饿鬼老鹰的笼子里会怎么样？纵然小鸡有三头六翅又能怎样呢？那将是一场何等惨烈的死状呢？……上次泰国熊被围猎的情景，小童依然历历在目，说是惊心动魄也不为过。那次，泰国熊是被魔兽的一个兄弟启动了围猎模式的。有人说，他们只是在吃饭的时候碰撞在一起，那个家伙就怒不可遏地大打出手了，结果没占到便宜，心生杀念。也有人说是那个家伙想跟泰国熊搞基，被拒绝便痛下杀手，像是不把人体沙包当人看。泰国熊本来是人体沙包里极出彩的拳手，半年的时间已经连越三级，很有可能会成为攻击拳手，他的泰拳打得厉害，肘顶膝撞威猛凶悍，一般的攻击拳手很难占他上风，可是他做人很成问题，而且还喜欢搞基，跟人体沙包和攻击拳手都搞，经常有拳手为他大打出手。魔兽的兄弟我们就叫他那个家伙吧，那个家伙其实拳技平平，就是块头大平时装凶残的那种，靠着魔兽的势力在这里也混得没人敢挡。两人之前就有宿怨，有两次在拳台上泰国熊把他打得痛彻骨髓，用卑鄙手段才躲过两劫。随后在候场区对泰国熊实施性骚扰，却被泰国熊恶心了一顿，所以怀恨于心也是必然。当天下午，泰国熊以为冲突的事情已经过去了，没想到忽然就被围猎了。他先被几个大汉推进了钢钉传送带，在一米见方范围里跑动，如果慢了或停下，人就会被自动推进钢钉阵，死状可想而知。求生的欲望迫使他不停地跑着，所有人在屏幕上都能看到他发疯狂奔的样子。半小时后他又被送进了角阵，三四个野兽形摔角手像玩球一样在笼子里把他扔来扔去，直到他喊不出声音来。最后，泰国熊被魔兽的那个兄弟在拳击台上用雷霆锤连击三百下，那家伙竟然在一分钟之内打出了三百拳，绝对是个杀戮成性的兽。泰国熊的眼睛都被打翻了，人就像个泄了气的皮囊，软塌塌地死在了围绳上，他双手攥死了围绳上的锥形刺，手指掰断了才人绳分离。有十几台摄影机全程拍摄了泰国熊被围猎的所有细节，小童一直搞不清他们拍下一个拳手的死亡过程到底做什么用……

一种莫名的难闻气味冲得小童浑身一颤，他觉得喘气困难伴着恶

11
人体
沙包

心，于是晃晃脑袋站起身，做了一会儿深呼吸，用头顶住墙开始默数，他害怕自己会意识不清。他曾听闻人在幽闭空间里要保持头脑冷静的最好方法就是默数，这方法能缓冲心慌气闷和大脑缺氧所产生的恐惧，更重要的是还能让人感知时间的存在。想想，你被关在小黑屋里生死难卜，只能听到自己的呼吸和心跳，不知道时间，很容易把一小时当成一两天，那不吓死也得绝望死呀！

站着数累了又坐着数，大概数了万八个数儿，也就两小时吧，小童觉得困累乏饿咣当咣当地猛击他的后脑，他怕自己睡了且一睡不醒，就起身活动筋骨，然后翻身倒立拿起了大顶。忽地，脑子冲入第一次遭遇魔兽的情景。

那是来人体沙包的第二天，他和几个新来的一起在台下观战。魔兽龇着一口大白牙手把围绳居高临下地盯着他们，看起来挺纠结，好像哪个他都想要。就这么犹豫着，最后伸手指向了小童。

魔兽：五号吧，男孩……要这个帅男孩！

现场主持冲小童喊道：五号上台！

小童没明白，懵懵地左右看看。

小童：我？跟他打？怎么回事？不用量级匹配吗？

现场主持：呵呵……你他 × 当这是挑战赛还是争霸战啊？量级匹配？这叫暴力匹配……快上去挨扁吧，中国小子！

无奈，小童只能莫名其妙地上台。

魔兽：中国小男孩，你是我的了！乖乖……不会太痛的嘿嘿……

魔兽满台追打着小童，两个人的身形相差悬殊，打斗起来有点老猫捉鼠的感觉。就见小童一会儿跳到围绳上，躲开魔兽的重击，一会儿又窜进了他的怀里，双手抱紧他的大脑袋令他上下左右动弹不得，小童还记得魔兽张着大嘴巴露出大白牙呼哧呼哧喷着臭气，活脱脱一匹大黑马的样儿……追打急了，小童干脆蹦上了他的后背，魔兽打也打不到甩也甩不掉，只能背着他原地转圈圈……他转得头昏眼花几近发疯，嘴里嗷嗷骂着脏话，因为他从未遇到过像猴子一样的拳手。现场发出一阵阵的哄笑声，气氛有点诡异。要知道，自打有了人体沙包，场上只有残酷的击打与号叫声，大家可是从未听见过笑声的！快四分钟了，魔兽反过劲来逼紧小童，大屏幕上一群恶犬撕扯着一只麋鹿，散发出暗黑的魔鬼气息。小童终于被魔兽重击倒地，他挣脱着站起来，顽强地继续挺着，魔兽连续不停地重拳狂击，小童满脸血迹昏迷过去……

阿小进来了，小童窝在角落里睡着。墙一合上，他呼地坐起来。

小童：能走了吗？小哥？

阿小：还不能，他们都在找你，魔兽下了生死牌，有无数人等着看呢！

小童：看什么？

阿小：看他怎么打死你啊！

说着，阿小把小童的衣服扔给他，顺势坐在了墙角。

小童：现在怎么办？我们出得去吗？

阿小看看表，抬头想了想。

阿小：要等，等一个时间点，差一分一秒都不行。

小童：等多久？

阿小：别问了。

小童：为什么你对这里这么熟？

阿小：别问了。

小童抬起头四下看看。

小童：小哥，你的房间里怎么会有密室呢？

阿小：这不是密室，过会儿你就知道它是做什么的了。

小童：小哥……

阿小：闭嘴。

小童闭嘴闭眼接着默数，阿小在一边频繁看表，又数到一千吧，阿小起身走到角落，不知伸手又按了哪里，空间发出一阵细细的嗡嗡声，小童呼地抬头左右看看，怔怔地盯住阿小。

小童：什么声音？小哥，怎么了？

阿小头也不回地接着摆弄着某种按键，发出嘎噔嘎噔的响动，听起来很老旧。小童张大嘴巴等了等，见小哥不出声就自己站起来想要过去，空间忽然开始抖动，好像启动了某种机器引发的共振，小童吓一激灵，一步蹿到阿小身边。

小童：小哥，发生什么事了？

阿小：我们要走了，坐回那里闭上眼睛别说话，刚才想什么接着想。

小童：没……没想什么，我在数数……

阿小：那就接着数，一秒一个数，数到一万个你就安全了！

啪一声，阿小按了最后一个按键，空间开始下潜，速度很慢。小童长呼一口气，呜嚯，竟是一部电梯！他不好再问，就坐在角落盯着阿小看，神情像是受了惊吓刚安稳下来的宠物狗。阿小雕像一样站在原地，他皱紧眉头盯住手表，右手始终杵在按键那里，很紧张。小童甚至听到了指针行走和小哥满脸淌下的汗珠摔落到地面的噗噗声。电梯下行了有一二分钟，抖动了几次后，发出一种沉闷的轰鸣，阿小立刻重新按键，敲击了足有三十秒，小童觉得空间开始旋转起来，伴着嘎嘎的金属摩擦声，轴心似乎重又定位，向小童的左前咣当靠实，上移半米，然后并入新的轨道，缓缓运行起来，只是方向变成了平移前行。阿小似乎累透了，一屁股坐在地上，头靠墙长出一口大气……

估计是脱离了险境，小童又来了好奇心。

小童：小哥，这电梯能通到哪里啊？

阿小：这不是电梯，这是运尸房。

小童：运尸房？那，它会把我们运去哪里？

阿小：收尸人的店里。

小童：那……？

阿小：你数到多少了？

小童：二三千……四五千……不……

阿小：好了，接着数吧！

小童和阿小从一间料理店里出来了，两个人走路的速度很快，不过看得出来是小童在跟随着阿小。拐进了一条夜市小街，两人慢下脚步，看来是彻底安全了，他们说着话，只是不管小童怎么问，阿小也绝口不提刚才逃生的机关到底是怎么回事有多凶险，他只是告诉小童就当一切都没有发生过。

阿小：人体沙包是会员制的，说穿了就是一档金钱勾当，它跟打黑拳不同，人们不用来现场，所有的会员二十四小时通过互联网观赏，他们用标靶牌来挑选满意的人体沙包。

听着阿小的话，小童抬头望望月朗星繁的夜空，提提鼻子嗅嗅清新空气，之前的恶心一扫而空，心情犹如小鸟出笼。

阿小：每天的第一轮上场标靶都是按照会员的选择来决定，第二轮开始按现场规则往下循环，就是由攻击拳手来指定标靶，今天，魔兽就盯死了你。他已经发了生死牌，也就是会有成千上万的人围观你的死亡。

小童：上周，他已经把我打晕过一次。

阿小：我知道，今天，我从他的眼神里看到了杀气。

两人走到地下通道的入口处，阿小点了一支烟，看了看过往的行人。

阿小：这是个斗兽场，吊胃口的是围猎，每启动一次，搏击会都有大笔收入。所以，人体沙包随时会丢命，但他们做得十分隐秘，每个标靶都是自愿行为，法律都拿它没办法。

小童：我们来的时候是按封闭陪练招募的，大家为了能接触职业拳手才来的。

阿小：不都签了生死协议吗？

小童：是啊！都觉得自己练过嘛，心想陪练总不能轻易就被打死就签了，加上薪水高。

阿小：其实这里没有一个职业的，他们都是见不得光的拳手，是赚钱工具。而你们人体沙包，就是死亡道具。

小童：你说这里没有一个职业拳手？

阿小：对，没有一个。职业拳手怎么会杀人呢？

小童：那他们那些战绩？

阿小：哼！都是编的，包括那些媒体新闻。你知道，有时候金钱能造出一个世界。

两人走上站台等车，小童眨巴着眼睛，出神地望着灯火阑珊处，一辆新干线急速驶进站台，挡住他的视线。

阿小：要知道，你身边的某人可能就是人体沙包的在线会员。职员、店主、老板……任何人。

小童：他们为什么不看职业拳击赛呢？那不是更好看吗？

阿小：只有喜欢拳击的人会去看比赛，这些人，就是发泄兽性……

小童：发泄兽性……

阿小：对！兽性。

阿小打开门把小童让进来，这里像一个废弃的酒吧，一些桌椅和器具还保持着原样，只是被简单地区隔了空间。小童四处看看，窗子和墙壁上贴着一些残缺的拳击海报，玻璃拉门上涂鸦着模糊的字迹，小童盯了半天，认出了"新宿醉"三个字，像是它的名字。阿小招呼他坐下，在破旧的冰箱里拿出两瓶啤酒递给小童。

阿小：我朋友开的，儿子在美国打拳，忽然死了，一切就散了架，我临时住着，也算看屋。

小童点点头喝了一口啤酒，他走近吧台看到了几袋爆米花。

小童：这个？还能吃吗？

阿小：过期了，我爆一下，凑合吃吃。

说着，阿小进了吧台翻找着什么。

阿小：我跟一些职业拳馆熟悉，他们常有排名赛，我可以带人，你知道，打得好就能进排名了，你是冲着职业拳赛来的吧？

小童：你怎么知道我能打得好？我只是个人体沙包。

阿小：我相信直觉，尤其是极端状态下，就像今天你在台上的反应，直觉告诉我，你哪里行哪里不行。

小童：行不行也得看机会啊！

阿小：没错，这里有大把的机会，抓不抓得住……看你！谋事在人，成事还在人，你准备好了机会不请自来，帕地撞你身上砸你脚把你吓一跳！你打得好，这里……就是你的殿堂！

小童：我觉得好难！不像你说的……那么……

阿小：我就给你分析嘛！去年，帕奎奥和梅威瑟那场大战，政府宣布放假一天，这还不是重头，重头是当天犯罪率为零！职业拳赛席卷全球为什么？体育富豪榜的榜首是拳王嘢！

两人聊了一会儿，阿小打开一个古董似的小电视机，又抱出一大摞录影带来。

小童喝着啤酒，眼睛盯着阿小正在挑选的带子。

小童：我记得，当年泰森就是在这里被道格拉斯打下拳台的。

阿小：对，那个录像我有，那场失败之后，泰森的人生也进入了黑暗期。

小童：你说那场比赛，会不会是泰森放水？

阿小：有争议，但不会，毕竟全世界都在看着。

他边说边播放起一盘比赛录像来。

阿小：走着，先给你看几个本地拳手，都是战绩威猛的，你得了解他们。

小童显得兴奋起来，脸上被画面映得忽明忽暗。

阿小抱着一袋爆米花盯了一眼电视，一拳砸在袋子上，里面的爆米花喷洒了一地，吧台上也都有了，他顾不上这些，手舞足蹈地喊叫起来。

阿小：哇！黑雄！媒体把他吹神了，前年的亚盟拳王，出拳快过闪电，绰号移动之山。这家伙本来是街头拳霸，打架是天性，用对了地方竟然打成了拳王。哎！哎哎！这个挑战者也厉害，是个麻烦制造者，拳迷叫他狼人新兆。注意看他的步法，看到没？蝴蝶步！阿里的蝴蝶步……我听说，有一次他去纹身，本来要纹一匹狼，那天，纹身师不知道哪根筋不对，给他纹了个独角兽，被他打个半死。后来才知道，是他睡了纹身师的老婆，遭了报复。

一说起这些，阿小就和在人体沙包时判若两人。

小童：这头独角兽，像《世界尽头和冷酷仙境》里逃出来的……幽幽的眼神，孤单，冷漠。哦……这一拳！

阿小看看电视又看了小童一眼，顺手递过一瓶啤酒。

小童：小哥，我有种预感……

阿小：说说。

小童：强烈的预感……

"哐哐哐……"有人在外面敲窗，声音很急，很响。阿小赶忙走过去打开门，一个块头硕大的邮差堵在门口，他说话声音极弱小，一张嘴露出一口龇翘的大黄牙，边说话边递给阿小一个信封。

邮差：武藏的账单。

说完，举起手里的一柄尺八冰锥，咔哧咔哧地剔牙。

阿小几乎站在他的阴影里接过信件，诧异地打量着他，点点头。

阿小：需要签收吗？

邮差没吱声，噗地吐口血水，转身就走。

阿小看看信件再一抬头，门口，邮差已经骑上一辆极小的摩托，他硕大的身躯活像压在一堆玩具上，一加油，排气筒飞溅出一大溜火球，在空气中爆出蓝紫色的烟雾，滑稽而诡异。

我靠，撒旦的信使……

早晨，光线一缕缕照射进来，吧台上混乱地堆放着啤酒瓶和爆米花，古董电视机开了一夜，不休地闪烁着雪花。

哎，

别吹他了，

能跑又扛打的我见多了，

你当职业拳手是什么？

想出点战绩哪个不得扒几层皮？

说不定还得重新做人呢……

12 失痛

阿小和拳馆老板坐在休息室里聊天。

阿小：鸣哥，说实话我从没见过这么灵敏的拳击手，而且超抗击打！他小时候在海边，光脚能跑几万米，你可别看他瘦，那体能……超强的！

鸣哥眯缝着眼睛看着拳台上正在热身的小童。

鸣哥：哎，别吹他了，能跑又扛打的我见多了，你当职业拳手是什么？想出点战绩哪个不得扒几层皮？说不定还得重新做人呢……

阿小：我懂！可是鸣哥，这小子绝对是台大马力发动机，带好了能赚嗨的！要不我也不能冒死救他，咱俩推他，拳馆拿大头儿还不行嘛……

鸣哥：你说他是发动机？当初还说你是呢！能信吗？

阿小：我……自己说的当然不算数啦！

鸣哥：还知道！幸好没往你小子身上花人力物力精力财力，不然亏大了……

阿小无辜地眨巴着眼睛。

阿小：切，你个老吝啬鬼。

鸣哥一抬手叫过来一个人。

鸣哥：好了，叫他们开战。

阿小看看拳台那边，小童和拳馆的一个陪练拳手开打了。

鸣哥：给你说个人，说完了要是他还没倒下我就留他……这里，过去是个黑场子，我朋友是看家拳手，这家伙一分钟能打出五百拳，那才叫发动机。他在这打一个日本人，那人的下巴是钢片做的，是个残黑，很多中国拳手都中过他黑招……打之前，发动机让人点了一炷香，他说打拳的人要他×的有点信仰，一炷香之内，谁输谁赢天注定，谁死了，算忌日。结果，真打了一炷香，小日本儿下巴全碎了，钢片都打飞了，只剩下半张脸，发动机的手也打烂了，他说小日本儿打死了自己的两个兄弟，手段卑鄙残忍下流无耻见不得人，只好让他见鬼喽！

鸣哥起身看看拳台的状况。

鸣哥：发动机是个传奇，不过你的那台……快报废喽！

阿小：我 ×……

鸣哥：那可是馆里很一般的拳手噢……

拳台上，那个拳手把小童逼到角落，拳头雨点般地打下来，小童脸上带伤鼻子流血，无力地躲闪着，阿小赶紧跑上去扶起小童，给他擦着血。

小童左右摇晃着：空……空的！

阿小：什么空的？怎么了？

小童恐惧地四下里张望着，胡乱地喊叫起来。

小童：全是空的，踩空了，打空了，没有东西，什么都没有……空的！

阿小紧张地看着异样的小童，张大了嘴巴，不知所措。

小童挣扎着起来，摇晃着身体，对着面前的空气挥了几拳。

小童：全是空的！空的！空的！

然后就软绵绵地倒在阿小的怀里，昏厥过去。

医生办公室里，一个样子猥琐的医生皱着眉头在看透视 CT 片。

医生：依据目前状况，还要经过神经和肌肉系统的多项检查，我说，像这样的失痛症是极少见的，他要承受相当大的心理压力啊。我们无法得知它何时开始的，更不知道它是由何引起的，所以……

阿小沮丧地摇摇头，疲惫地问道：能抽烟吗？

医生竟然点点头！

　　刚发生的时候，我觉得自己进了一个幻觉世界，瞬间变成了一个充气人，意识模糊，心里很慌，好像掉进了黑洞，我还打了自己两拳，感觉我的脸是橡皮做的，这下更怕了……打我的那个拳手一挥拳，我怕得要命，他击中我时，就像把我的气给吸走了，我呼吸快没了，只剩下耳朵里听到那可怕的击打声，咚！咚咚！咚！又闷又沉，怎么说呢？那滋味……小哥，我这个样子真不知道以后还能不能打拳？

阿小递给他一根，点上，两个人喷云吐雾。

阿小：那，有好的治疗方式吗？

医生：几乎没有，人没痛觉很可怕！我听说有人因此自杀的，还有极少、极少、极少自愈成功的，少极了！

阿小听到这段废话生气地盯了他一眼，猛吸了一口烟。

医生：不过，等检验结果出来后，我会给你们一个建议，但有相当的风险，不知道……嗯……还是等测试完了再做决定吧，你现在最好过去陪他说说话，尽量别让他睡着了。

小童仰卧在暗红色的测试空间里，身上头上连通着各类管线，说起话来呜呜地听不太清。他身边有一道模糊的屏障，阿小坐在另一面的椅子上陪着他，两个人几乎面对面，却看不清对方。

阿小：跟我说说，那是什么感觉？

小童：刚发生的时候，我觉得自己进了一个幻觉世界，瞬间变成了一个充气人，意识模糊，心里很慌，好像掉进了黑洞，我还打了自己两拳，感觉我的脸是橡皮做的，这下更怕了……打我的那个拳手一挥拳，我怕得要命，他击中我时，就像把我的气给吸走了，我呼吸快没了，只剩下耳朵里听到那可怕的击打声，咚！咚咚！咚！又闷又沉，怎么说呢？那滋味……小哥，我这个样子，真不知道以后还能不能打拳？

阿小：别乱想了，到底怎样都还没有结论。

小童：还要什么结论？身体没痛感，被打死都不知道是怎么死的！

阿小：哎你真别说，这要是在古代，也许能打成个拳击史上的英雄呢！

小童哼了一声。

阿小：我跟你讲，古代拳击啊，没赛制没场规，两个人死K，直到

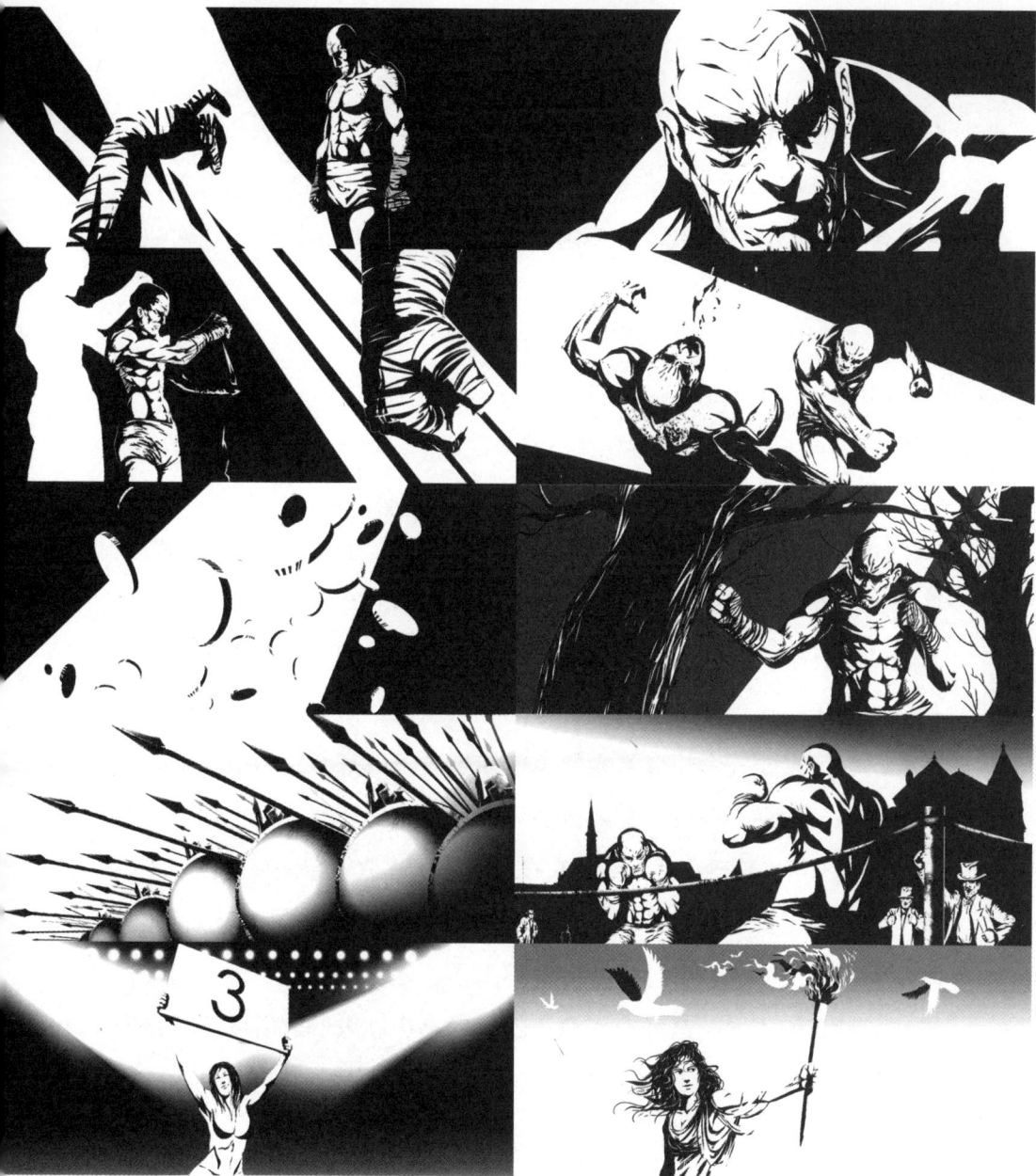

　　人在争斗时，心中的恶就被激活了，有了恶就没了公平，拳手们用有毒的药水，浸泡缠手的皮绳和麻条，对手一旦流血见红，那就必死无疑，够狠吧？这就是古代拳击。

有个人崩溃或死去！

小童：嗯……小哥，我一直不太清楚，拳击这玩意儿到底怎么来的？

阿小：怎么来的？嗯……简单得很啊，有人的地方就有争斗，对吧？

小童：噢。

阿小：那就打呗！不就两个人打架嘛。

小童：哎你到底知不知道啊？

阿小呵呵一笑，他本来想让小童多说说话，可是话题至此，只好接着叨叨起来！

他说最早啊，这东西能追溯到五千多年前的古埃及，当时人们起了争端怎么办？用拳头解决！人在争斗时，心中的恶就被激活了，有了恶就没了公平，拳手们用有毒的药水，浸泡缠手的皮绳和麻条，对手一旦流血见红，那就必死无疑，够狠吧？这就是古代拳击。那时它的用处也多，想要人命想夺人妻想讨欠债想占土地甚至是想争王位都用得上它……后来，在公元前六百多年的古希腊奥运会上，它才被列为一种竞技项目。直到十九世纪，它在英国发扬光大了，说来奇怪哈……那个国家除了贵族就是绅士的偏偏对拳击感兴趣！也对！这玩意儿刺激，他们应该喜欢。不过也多亏了英国人，是他们规范了赛制场规，设计了拳套和围绳，这才有了真正的现代拳击。人们之所以传承它痴迷它喜欢看它，都来自一个本质……那个本质就是……人类的攻击心！

嘭嘭嘭嘭……嘭嘭！京都卫冕拳王新兆猛烈地击打着教练山姆举起的手把。

Fuck you！Fuck you！他忽然指着右边的现场赛事屏幕里的一个拳手大骂起来。

现场的人都扭头去看屏幕上的那个拳手。

八扎是垫场赛中杀出的黑马，从寂寂无名成了全场焦点，仅凭两场比赛的几个回合就做到了。此时，他正在狂傲地绕场示威，还学着新兆的标志动作，虔诚地亲吻了围绳。然后对着采访镜头不停地做着挑衅动作，在新兆眼里，八扎这是在挑战自己。

新兆狠狠地打着手把，他越打越气，又冲着屏幕连爆粗口。

新兆：Fuck you!Fuck you!Fuck you!

他莫名其妙的愤怒，让教练山姆和助理们不知所措。

山姆：停！停！你不想着黑雄，和他斗什么气？这会影响你出战的！

新兆一把推开他，怒气冲冲地又看了一眼八扎，转身直冲向走廊，在廊道交会处被一群媒体记者挡住去路，大家见是拳王纷纷围观抢拍起来。

有人大叫着：谁又激怒他了？发生什么了？是不是又去扁人呀？

还有些记者即时采访起来：拳王，这次要几回合拿下黑雄？出场有什么噱头吗？是拄拐还是抬轿子？战袍上有没有春宫漫画？会不会像上次那样羞辱黑雄？

山姆和助手们冲上来把新兆拉回到休息室，他坐在椅子上喘着怒气。此时，助理教练托尼和经纪人简先生跑了过来。

简先生：出了点状况，黑雄的药检有问题。

新兆不耐烦地皱着眉头。

新兆：什么意思？

简先生：黑雄用了禁药被取消了争霸资格。

新兆：那我跟谁打？我要打人啊！现在！

简先生：本来大赛准备调停，但是损失太大，刚才有个提议，说可以让垫场赛胜出的八扎进入争霸战，当然，你可以拒绝的……

新兆想都没想回了句：去安排。

赛事经过调整，主持人宣布由八扎顶替黑雄对战拳王新兆。

赛场入口，所有的目光都齐聚那里，新兆只穿了一条紧身内裤就进场了，以示对八扎的漠视与羞辱。他一身健硕的肌肉和嚣张的纹身图案令现场观众立即狂呼乱叫起来，他大摇大摆地走到拳台边，穿戴好护具，披上助教托尼递来的战袍绕台一周后，一扬手把袍子甩到台下，场上的女拳迷们彻底疯狂了。

场上在沸腾，场内解说开始煽动地渲染出场拳手的战绩。

拳台上，两人站在裁判前听着比赛规则，八扎显得轻佻狂浪，一脸怒相的新兆死死地盯紧他，好像八扎是一条不停蠕动的八爪鱼，一张嘴即可生吞活嚼了他。

双方撞拳，开战。

前两个回合，两人都打得凶猛异常，难分胜负。第二回合结束。中场休息时，助教托尼给新兆擦汗不小心将水桶放在了他的身旁，新兆一侧身看到了灯光映照的晃荡的水影折射，神情突然大变，他满脸涨红地紧闭着双眼，头靠立柱呼吸急促。

一直在台下观战的仓井先生见此情景，立刻冲到台边对托尼大喊：把水拿开，快啊你这傻瓜！

铃响了，第三回合开始，新兆四下看看，身边的一切全都像水中的映像般迷离不清，他大口地喘吁着，用拳套揉了揉眼睛，裁判在说着什么，他根本听不清。八扎看出了新兆的异常，故意刺激他，挑逗地冲他做了一个过分的亲吻动作，这下彻底激怒了新兆，裁判刚做出继续开战的手势，新兆像困兽般一头撞击到八扎的脸上，八扎扑通一下仰倒在拳台上，他满脸是血，鼻子也被撞断了，当场昏厥过去……

比赛被立即叫停。

裁判控制住新兆，救护人员冲上来抬走八扎，一场拳王争霸战以新兆违规失去金腰带而草草收场。

新兆摇晃着走过拳台边，仓井上前拉住他。

仓井：告诉我……你没事……

新兆：走开！

阿小皱着眉头闷闷地走进医院对街的咖啡馆里，他坐在靠窗的一个位子上，一边看着街上的行人一边心神不定地搅着咖啡。盯着旋转的咖啡，耳边响起小童在拳台上的那些喊叫声，那声音一波波地袭来，他用劲晃了晃脑袋，想让自己清醒一点，然后端起咖啡喝了一口，起身离去。

回到小童做检查的诊室，透过玻璃往里看看，人不见了，他赶忙跑到旁边的护士那里询问，护士胡乱地指给他一个房间，阿小跑过去一看根本没有。护士也急了，和阿小一起去找，找遍了一层楼也不见小童。正着急时，阿小的手机响了，他站在旋转楼梯口往下看着，同时接起电话。

阿小：喂……啊，我在忙。

电话是他的女友林琳打来的。

林琳：我跟你说……

阿小猛然看到下一层楼有个人影很像小童。

阿小：现在没空……

说着，他急忙追下楼去。

电话里传来林琳干涩的声音：我怀孕了……

——嘟！嘟！嘟！

阿小根本没听到林琳说什么，他冲到楼梯转角处，追上了那个穿红帽衫的人，但却不是小童。他失望地回到诊室拿了小童的电话和背包，对护士埋怨道：能把病人弄丢的医院我还真是没见过。

护士傻愣地站在一旁有些不知所措。

——还是个神志不清的病人……

说完，他愤愤地走出了这间医生抽烟护士不靠谱的医院。

2
失痛

小童几乎是梦游着晃荡出医院的。

夜风吹得他眼花缭乱，街边车灯路灯霓虹灯忽远忽近地冲他咆哮，发出光怪迷幻的混乱噪音，刺得他耳鸣。行尸般飘摇了两条街，突觉巨饿，猛然想起那天夜里逃出人体沙包后，他和小哥在一间料理店狼吞虎咽吃寿司的情景，于是，眼睛开始搜寻起料理来。

站在京都料理的门牌下，小童才想到自己什么都没带出来，怎么办？总不能去讨寿司来吃呀！一扭头，顺着门廊往里看，一个地下入口处有人进出就走了过去，下了楼梯跟着其他人糊里糊涂进到里面才发现是个很大的地下空间，男男女女挤满了人。奇怪，他忽然清醒了许多，而且，这地方……似曾相识？来过？梦到过？还是……正琢磨呢，人群开始喧嚣起来，有些人咆哮着：打死他打死他……别停别停……求求你啦田中……求你打死野库吧打死他……呜呼呜呼呼……用流星拳打死他……太刺激啦……打死他钱多啊……田中打死野库……呜呼呼……小童一激灵，嗯哼，这里，必是那个最大的黑拳场，小哥提起过的。他立马来了精神，呼呼地挤进去，看到两个拳手正在赤身血拼，其中一个被打得脸上血肉模糊，半跪在地上，像条待宰的恶犬。他一定是

你哪儿弄来的宝贝……样子还挺帅的！他打赢了两个拳手，不要钱只要酒，我都没见过这种人。

野库，赌客们求田中打死恶犬野库。为什么求田中打死野库呢？刺激？钱多？因为刺激或者钱多就想让一个拳手去死？这到底是谁该死呢？看着，小童幻觉附体，那个将死的拳手仿佛是他自己……胸口——嘭！左腮——啪！右肋——噗……随着对手一拳拳地黑捅，他竟然感知到剧烈的阵痛，巨饿感早没了影子。这恍惚中的痛感让他热血乱糟糟，像把心从无底黑洞里提上来，嗨大的感觉。现在，你要怎么办？嗯哼，发条少年？是时候反击啦！击倒你的对手，击倒那个样子像恶灵的叫田中的家伙，快快！击倒他！可是，他没法用幻觉和意念助恶犬野库逆转击倒恶灵田中，必须等机会自己上。痛而反击，才是一个正常的拳击手嘛！刺激，超级刺激！嗯哼，刺激是种病吧？

恶犬野库快死没死的时候，尚志倒提着半瓶干邑晃荡到台前，他是场子的主管，是个极黑的主。燥热使得他用力扯着衣衫，露出里面的魔鬼样纹身，他仰脖喝了两大口酒，一张嘴喷了恶灵和恶犬一身，然后仰头大喊起来：有没有新拳手？谁上谁能救野库，有没有敢上的？

小童从幻觉里逸出来，像打了鸡血似的不知哪来一身劲。他冲撞开前面的人，一步蹿进拳台：我上！

野库听到了小童的喊声，知道自己的犬命无丢，浑身一脱力扑通歪倒一边就地昏了。

所有的喊叫声骤停。田中斜瞄了小童一眼，无语，走到一边擦汗去了。小童被晾在台上不知所措，干脆盘腿就地而坐静待对手。尚志眨巴着眼睛盯了他半天，忽然哧哧哧地笑出声来：你……哪蹦出来的帅小哥？你要什么条件？

我……我要酒！

给他！

小童接过伙计递过来的酒瓶，咕嘟咕嘟狂灌着。赌客开始七嘴八舌地议论起来，最后大部分人接着押田中了。

恶灵田中回到拳台，手上的绷带都懒得换，还滴着恶犬野库的血。

两人开战。

小童在人体沙包打惯了黑拳手，知道他们的恶毒路数，加上刚刚的幻觉之痛犹在震动着，恶灵田中一摆出进攻拳架，他立即紧张起来，进入防范状态。

田中是个狠角儿，刚才也打得累了，上手猛攻，想速战速决拿下小童。没想到，这个比自己弱小的对手好像受过极专业的训练，而且闪转腾挪异于常人，很难产生致命一击。

酒力上蹿，挨了几次重击后，小童觉得头脑发麻视线模糊，更要命的是真打起来了，之前的幻觉不再附体，他没有再感到痛的刺激，索性卸掉战斗力，做回行尸，给对手当靶子打，看会出现什么结果。

田中抓住空当，对小童的头部连续狂击，小童的鼻血混合着恶犬野库的什么血喷溅了恶灵田中一脸，场上的赌客都看傻了，他们哪里见过这样的拳手，面对重拳不躲避、不号叫，根本就是块木头嘛！

阿小坐在的士里，焦急地往街道两边巡视着，猛然想起该给林琳回个电话。无人接听，再拨，还是无人接听……脑子很乱，他打开车窗把热风灌进来，让头发也狂乱起来，头发一乱就会心绪冷静思维缜密判断力准确，这几乎成了阿小的状态魔咒。以前遇事脑子混乱时，只要头发见风凌乱就能理出个所以然来，但结果往往事不由他。命运这东西像副脏兮兮的拳击手套，带上它猛击出去你会赢得尊严，一不留神被它击倒就变成耻辱，输和赢不是努力就行，得看是谁！但不努力你会输定的。阿小明白，当时满身伤痛心疲力竭的自己，就算战死拳

2
失痛

039

台也拿不到那条命运的金腰带。做不了拳王我认命，他说，用自己的经验推出新人带出拳王并以此发达算是与命运抗争吧？这么着，他把林琳一个人丢在大阪，自己回到京都，混迹拳界，找新人专事幕后。这么做没错，成不成还得看人看己看命！阿小到现在也没弄清这他×到底是抗争还是妥协。和林琳分别两地，一两个月见一次面，连做爱都显得生疏唐突。生病了也只能在电话里说些安慰的废话，有时赶上赛事连电话都打不上。唉，就为了自己的一个念想，一种心有不甘的执拗，值吗？男人的心或说野心和女人想要的幸福永远不在一个点上。那，要不然呢？换种情节又会怎样？和林琳结婚生子，自己努力打工赚钱养家，过起多数人自觉平实知足的日子？会开心吗？能多久呢？嗯？如此，漂洋过海地来这狗日的鬼地方干吗呢？唉！

停停……车子经过一条小街又倒了回来，阿小抬头看看京都料理的招牌，琢磨着下不下车呢？他会来这儿吗？虽说附近小童知道的地方只有这里，没理由从医院慌里慌张跑出来就跌跌撞撞地冲进黑拳场吧？这得多激情多变态多不可思议多丧心病狂啊？不过，那句话怎么说？一切皆有可能……这小子从小到大的奇葩经历一火车，都是听说过没见过的荒诞不经，他真是突发奇想冲进去找找刺激又怎么样？假设他碰巧路过这里，那，也许大概差不多他也饿了，于是到处找寿司吃……他头晕眼花撞进了地下拳场，把一个拳手撞得眼冒金星鼻血四溅，两人冲突开打，他被打得半死，倒地不起，浑身无力又无痛！然后……然后血性支撑着他起身再战，他又被打得将死，奄奄一息，浑身无痛又无知！然后……然后本能支撑着他起身再战，然后……然后可能如他自己所说……他被打死了都不知道是怎么死的……噢天！否定之否定再否定，容易让人精神分裂，还然后个屁！阿小啪地打了自己脑门子，发疯般下车冲了进去。他穿过门廊直奔地下，里面很多赌拳的人

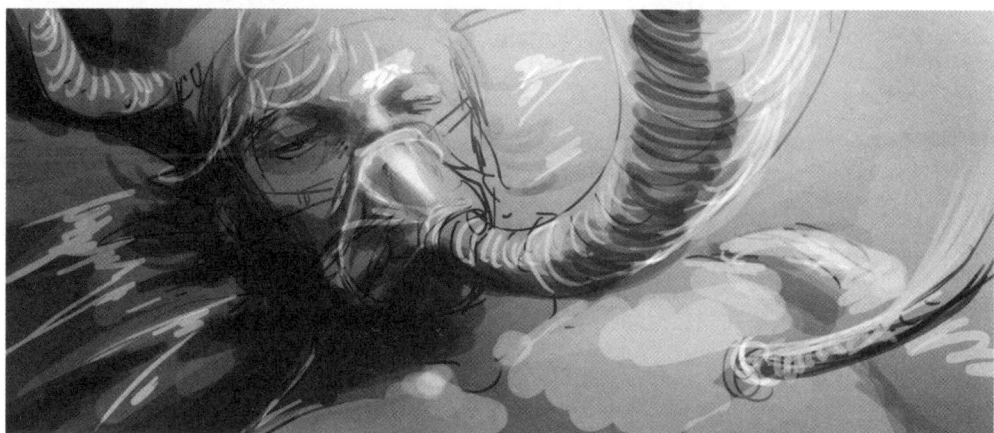

围着拳击台看拳手格斗，躁动的音乐夹杂着混乱的人声。挤进台前，看看正在死拼的两个拳手，阿小松一口气，然后找到他认识的一个家伙，就是尚志。阿小附在他耳边说着什么，好像是在描述着小童的样子。一会儿，尚志带着阿小穿过一条窄通道，来到后面的一个空间里。

你哪儿弄来的宝贝……样子还挺帅的！他打赢了两个拳手，不要钱只要酒，我都没见过这种人。在场子里闹得不成样子，我就让人把他关这了！要是把他留下呀，准能赚钱嘞，那些赌客都说明天还要押他呢，一般的拳手根本打不了他！

说着，尚志给阿小打开了门。

进来一看，小童果然在里面，他脸上带着血迹瘫坐在一些酒箱子上，地上散倒着一堆空酒瓶，满身的酒气，嘴里念叨着谁也听不清的什么话。阿小一碰他就吐了一地，全是酒水混合物，阿小转过身喊着尚志：帮我背起来，得去给他洗胃。

阳光透过树叶射进一缕缕的光芒，小童在用力打着一个大沙包，他的拳套雨点一样地砸在上面，震动起很多灰尘，他双眼紧紧盯住前面，额头满是细碎的汗珠，不停地打着。

阿小倚靠在门口，望着小童的背影。

阿小：很久没打过了，全是灰。

小童停下手坐在了旁边的椅子上，喘着粗气点了点头。

阿小：我做了拉面，吃一点吧。

小童凝神盯住地上的一片光影，好像盯着什么活物。

小童：有土豆片儿吗？

阿小：什么？什么土豆片儿？

小童：那种变态的……辣椒圈儿，爆炒，加豆豉……好吃！

他看也不看阿小，就这么低头嘟囔着可能是他吃过的菜，看来肚子非常空了。阿小摇摇头，无奈地笑笑。

阿小：你个土豆片儿，酒还没醒？快吃面吧，骨汤拉面醒酒养胃！

两个人对坐着哧溜哧溜地吃着拉面，小童渐渐起了精神。

小童：昨天的事，谢谢了！

阿小：你把我急坏了，以为你会出事呢，你怎么跑去打黑拳呢？会丢命的。

小童：躺在医院也是等死，不如找点刺激，挺疯的吧？我打了两个，你想，一记重拳，我没反应，不痛，他心里就发慌了，越慌越出重拳，一会儿就没劲了，最后那个，自己倒了。

阿小：哎，明明是去挨揍，还说得好像你很能打！

小童：真的真的，你随时打我，没准哪一下能把我刺激过来。

阿小一边吃面一边琢磨着什么。

阿小：哎！土豆片儿……

小童：嗯？

噗——左脸挨了一拳。

阿小：那个变态的辣椒圈儿……爆炒……想想应该蛮好吃！

小童：我可不会做啊。

阿小：下次吧……你说我做，加豆豉的！

啪——下巴一拳。

吃过面，两人回到后院，小童坐在椅子上，阿小在往右手上缠绕绷带。

小童：还缠它干吗？我连黑拳都不怕。

阿小：不行，我的拳超重，会伤你骨头。以前，我的那些对手啊……你知道他们有多惨吗？

小童盯着他哧哧地笑，知道他爱吹牛，无语！

阿小缠好了绷带，又打了小童的下巴一拳。

阿小：准备好了？

小童：随时打，别太娘哦！

阿小气乐了，轻轻打了他的右脸，然后挥动双拳在小童面前跳动起来。

阿小：少废话，我可真打了？

小童：来吧！

阿小：靠！我又不是打黑拳的。

小童：来吧！少废话！

阿小加了把劲打了一记左拳，然后贴近小童，紧张地盯住他。

阿小：不疼？

小童鼓了鼓腮帮子：不疼！

阿小又打出一记右拳。

阿小：还是不疼？

小童冲着他大喊：打啊……还吹你的拳重？

阿小砰砰打出两记狠拳。

小童接着喊：来吧来吧！

"噗噗——"

小童红着脸：再来！

"嗵嗵——"

小童：左勾！

"噗——"

小童：右勾！

"噗——"

阿小使劲打出一拳，小童的鼻子流出血来。

小童：靠！完全没知觉！你的拳，还不如那个田中呢。

阿小递给小童纸巾，盯着他的脸。

阿小：你让我想到了洛奇的下巴，能抗得住重击，最后成了拳王。

小童：那是电影……真正的拳台，洒的是人血！

阿小解开缠手的布条。

阿小：对，知道洛奇为什么经典吗？拳拳到肉比中国功夫过瘾，凌空飞脚隔空点穴摆好了谁都会，但是在拳击台上，你得真打……

小童：洛奇经典不光在打，还有精神，那家伙骨子里不服输的！

阿小：我知道，前提是能打，那，能打的人一定特别扛打。而你，根本就是随便打嘛，你这是超能啊土豆片儿，你只要练好体能，在台上就像机器，对手累垮了你就 KO 他崩溃了你就 KO 他……哈哈哈，这么想想……我们的拳王时代……见光了！

小童：你胡说什么呢？好像我成了铁甲钢拳！

阿小：我就给你分析嘛！拳击是苦行，够狠，你是王，不够狠，你是苦行僧！

小童：我没想那么多，当初喜欢这玩意儿，我就对自己说，将来能打职业赛了，要靠拳技赢人，要不然……对不起我爸！

阿小：你爸？哎，不管怎么说，你现在的状态……是好事！

嘭——下巴一拳。

小童：坏事！

阿小：好事！

啪噗——双颊各一拳。

小童：切……坏事！

哼，失落的拳王要来找点刺激，不过他最早在这里练过，
后来被他老爸关起来进行狼式训练，没想到，他真的变成了一
匹狼。

小童最受不了别人叫他中国小男孩了，

气得涨红了脸一把推开阿小，

直直地冲向拳台，

"嗖"地一下跳上去，

双眼直瞪着对手。

看到这情形，

阿小歪头坏笑了一下。

这才是中国小男孩，

不用我废话！

⿻ 狼人新兆

那个幻吧叫作橘子，橘子里面美女如幻。而且，全是百分之九十七的裸美。

新兆随便点个裸美进了卧子，他不跟她说话，对她的完美曲线和柔曼肌肤视若无睹。在这里，他只纵情飞魂儿，而她只是一副器具，被新兆视为致幻具。其实，就是男人溜冰儿嗑药的一种人体料理。这个国家的人，非常善解人体，从活体实验到活体沙包再到活体料理，真是无所不用人体其极。新兆喜欢橘子，丢大把的钱在这，他自己说值！试着理解一下，一个性情乖张暴力至上的拳王把自己的精力和时间都献给了魔鬼训练，赛事多时还要节食禁酒抑情色，多半还得有些童年阴影之类的糟糕问题吧？等等等等，心魔肆虐下没个适当的出口也容易烧炭自杀对不对？所以，橘子算新兆的心灵避风塘或说精神港湾，以致连女友枝子也被他改称为橘子了。凡遇到大小波折潮起潮落，欲大发脾气大打出手之前或者暴风烈雨般斩获金腰带开完香槟之后，必来飞一会儿。一旦飞上，他会变身为那种开心时流泪悲愤时大笑的人。一句话，他来橘子，之前之后准有事端！刚刚在争霸战上撞残了八扎鼻子遭禁赛一年够新兆窝火的了，当然不是为八扎那张被医生装了假鼻子的扁平脸窝火了，是为他自己那条宝贝金腰带！要知道那可是从黑雄手里霸下来的王的荣耀啊！那可是倾泻了自己满腔的暴力情怀才打出的傲骄战绩啊！就因为八扎那该死的鼻子而蒙羞。新兆气得咬碎牙齿咽下去再吞个火球，揣着一肚子火烧火燎便来了橘子。坐下想想，还好，还有橘子能抚慰我这拳王的心……不是吗？

不来点爆品是不行的，飞得远点好让自己燃起来！新兆的瞳孔在极速放大，空间像是柔性的气泡，瞬间飘忽膨胀的大而无边，头顶悬浮的多棱面水晶灯好似天穹中的不明球体且越来越多，变幻着粉红蓝紫青色，他仰头伸手去碰触，手也巨大地伸展得长极了，手指一弹，球体爆裂绽放出闪耀的烟花，一团团地弥漫，极美的烟花飘浮飞溅着，竟然不灭不散……它们总是一个样，美的虚假而无聊，这很让他烦躁，于是闭上眼睛吞噬了这璀璨。灭明之际，烟花幻成了海上的波光，包裹了天际，刺喇喇地跳动着。没有恐惧感？奇怪？那些该死的光与水的折射对他失去作用了？哎嘿嘿……越来越近了哎！他弄不清是自己忽高忽低地飞悬在波光之上还是那东西在闪动围裹着自己，于是闭上眼睛又吞噬了那波光。吧嗒……像汗珠摔落的声，在他的耳边放大了一千倍。他×的，这又是谁？一粒水珠，该说是一团大大的水球，里面包裹着一个高大威风的少年，水的真切和少年帅气的样子刺得他眼球麻麻痛痛。少年在水里挥拳狂舞，击荡出明晃晃的水弧线，漂亮极了。那拳风冲出水球后竟化作电光石火啵啵啵啵地飞驰四溅，如若尽情发威给世界看！新兆瞪大了痛痛的眼球，冲着少年大喊：出来！滚开！出来！滚开！他痛，而且怕，恐惧感即刻呼之欲出，他怕少年真的出来，他怕自己打不过他，还有，那该死的大水球正在越来越近地滚向他，他怕死了，越是怕越想看，他看到那个少年又躺在水球里观赏流星雨，惬意得像躺在沙滩上，成群的五彩飞鱼围绕着他！该死的，他为什么不被水淹死！什么什么？他还在水里上蹿下跳，还跳得那么远蹿得那么高，水的阻力在他身上变成了弹力，可他分明是个人啊？怎么会有电玩的神力啊？该死的，他为什么不被水呛死！不不不……他向我冲来了吗？还奔跑的这般帅酷快的！到底是水快还是他快呀？停下！快停下！或者跌倒跌晕跌死都好啊！该死的，他为什么不被水灌死！被水冲飞了也好，冲进波光里消失无痕！新兆看得没错，少年奔跑得飞快，围着新兆急速环绕起来，在水波的流光溢影中，新兆哭了！他想到了十几岁的自己，站在那个大水箱上双腿筛糠泪流满面的熊样！等等！糟透了！这是干什么？那个大水球荡漾着停在自己面前，少年竟向自己走来，还双眼如电发如风的……新兆发疯地嘶喊着：别出来！快滚开！别出来！快滚开！他断定水和少年是怪兽，欲吞噬自己的怪兽！他的喊声是软绵的，挥出的拳是软绵绵的。对！在怪兽吞噬自己之前赶紧闭上眼睛吞噬一切。

于是，他闭上眼睛吞噬了一切。他感到自己身体软乎乎麻酥酥的！

吧嗒，新兆睁开眼睛盯住滴在手指上的汗珠，他长嘘口气，慢慢地把那滴汗捻碎了……

那天，在橘子，新兆记住了那个水中少年。是个中国人，比自己小两岁吧！他想。

3
狼人
新兆

嚯嚯！那小子是不是上了发条呢？大个子盯着角落问。

嗯嗯！都快三十分钟哩，这家伙是人吗？我真担心那个梨球会被他打飞了，然后横飞乱撞……呼呼地！马来仔抱情人似的抱紧大沙包望着角落说。

马来仔：就没停过，是不是装了机械臂呀？有人暗中遥控他？

大个子：说不定啊！中国人都是科技控，你看，节奏力度方位一直不变，可疑呀！

马来仔：像……人形怪兽！大战……奥特曼！

大个子：靠，你他 × 一说就离谱，你打拳怎么不用脑？嗯？用屁股了？

马来仔：不，不对，不是机械臂，地上全是汗，鞋子都湿透了，唉，他怎么做到的？换了是我，梨球不飞胳膊也早飞啦！

大个子吐掉嘴里叼着的棉签，一龇豁牙咬住右手的绷带紧了紧。

噗——嘣——扑通！

鸣哥不知不觉站在了他们身后。他噗的一脚狠踢了大个子的屁股，嘣的一声踹飞了马来仔紧抱的情人，扑通……马来仔结结实实地摔了个腚蹲儿。

鸣哥：你们俩，磨磨蹭蹭又磨磨叽叽死性难改！你，你爸当年输得满地找牙，我看你得屁眼儿朝上，还起誓发愿要雪耻……还有你这傻大个，你哥躺在医院里做绷带人，你他 × 在这傻了吧唧领个瘪三看热闹，这么下去，分明是要坏我名声！啥也别说，擦地板！两天！废柴……废柴呀！

鸣哥放了一串连珠炮，转身走了。哥俩儿吐吐舌头，没当回事，他们知道那老炮筒子一转身就会把擦地板的事忘得一干二净。大个子很仗义地伸手拉起马来仔，两人对望着，表情像是俩娘炮！

马来仔边犯贱似的坠着大个子的手臂边盯着角落看。看着，渐渐地张大了嘴巴。

马来仔：我靠我靠……不是人形怪兽大战奥特曼，是人形怪兽大战狼人嘢！准有好戏看喽！

他看到几个人围住了打梨球的人形怪兽。

鸣哥回到休息室跟阿小接着聊天。

鸣哥：你说他不怕打，我就找个能打的来，还是拳王！

阿小：谁？

鸣哥：狼人新兆！别说我不给你们机会，你的发动机要扛得住，以后能上他的垫场赛，够劲了吧？

阿小呼地起身，又坐下。

阿小：我靠，鸣哥，不怕打也得半斤八两啊！你把他找来，会要小童命的！

鸣哥：不上天就入地，拳手等的就是机会，比你弱的就打，比你强的就怕，你当小混混打架啊？还跟我吹什么发动机不怕打，什么血溅黑拳场不服输爱冒险超能力什么什么的，行不行啊你？这就怕了？

阿小不安地起身，走动，犹豫。

阿小：不是我怕，是怕他怕！

抬头一看拳馆大厅，阿小吃一惊！

阿小：靠，来了！

小童像把自己装在真空的透明球体里，全身透湿，听不到外面的任何噪音。噗噗噗噗噗噗噗……他屏住气，耳边只有拳头打在红色梨球上的噗噗声和被放大了一千倍的汗珠甩落地面的吧嗒声！十分钟？三十分钟？还是一小时？打了多久了？不知道！不觉痛就不知累，不知累就不觉时间，嗯哼，发条少年！这多像在海边没知觉似的不停奔跑的放纵样，看不到尽头就不去想有没有尽头这回事，跑出脚下的每一步就得。

噗噗噗噗噗噗噗……

新兆死死地盯住小童，眼神的惊诧无法言表。谁也没明白他为什么像被施了法术般死盯着一个打梨球的水样少年。

山姆和托尼还有京都体育频道的两个摄影记者跟随着新兆，他们受命于峻先生来记录拳王的恢复期训练进程，只好也像被施了法术般动弹不得，大家扇形杵立在那盯着打梨球的小童看，看烦了也没人敢动敢问，只能看。新兆一进门，眼睛就直落在小童身上了，像被什么吸住一样，他恍惚眼球一痛，就径直走向他，无视身边的一切。走了五米他骤停，瞳孔咻地放大，呃嘀，烟花、波光、水球、少年、电光石火般闪击了一遍脑细胞，瞬间雾化！世界还真是烟花璀璨，大白天见鬼吗？可这家伙也太像了吧？装进水球里不是他是谁？还双眼如电不是吗？他 × 的怎么可能？老子是连怪兽都能吞噬的拳王，岂能恐惧一个击球少年？什么什么？腿抖身子软呼吸困难？见鬼！一定是意识错觉！他的瞳孔咻地缩回正常大小，与此同时，头上乃至全身唰地涌出几层汗来，× 蛋！耳边又是那声放大一千倍的吧嗒！新兆赶紧呼地闭住眼。心想，怕什么？自己还有大招不是，不行我就吞噬一切！

嘿！拳王驾到！大家欢迎噢！啪啪啪……鸣哥一嗓子，带起稀拉掌声。

小喧嚣把新兆拉回来，他垂头缓缓睁眼，忧烦地盯住手指上的汗珠，慢慢地捻碎了它。

阿小叫停了小童，拉到一边听着他急躁的呼吸，双手捧住他的水脸。

阿小：听着，机会来了，他，今天就跟你打！

阿小把小童的脸扳向新兆那边，小童顺着方向一看，目光正撞上新兆狼一样的逼视。一道伤人的电光，小童想。

小童：这家伙是谁？好凶！

阿小：卫冕拳王新兆啊！你忘了吗？那个纹身兽？不，独角兽……黑雄的终结者啊！

小童想起来似的点点头。

阿小：上吧哥们儿，打好了能上他的垫场赛，这机会，一般的拳手想都不敢……

小童：我也不敢……

阿小扳过小童的肩膀，晃晃。

阿小：爱拼才能赢，有些事，去做就是！再说你怕什么？你不怕打你怕什么？你看，他打你，不痛！你打他，痛！你说谁怕？

小童：我怕！

阿小：你怕什么？

小童：怕死！

两个人正在低声争论，新兆换好了袍子走过他们身边，他忽然停住，上下看看小童，轻蔑地一笑，心说：只要不把他当怪兽看，似没什么可怕！于是霸气附体面露凶相。小童像个初生小牛犊般喘息着，避了避对手那道伤人的电光。

新兆：中国小男孩，你像个……缩、头、小、乌、龟，我要砸扁你，啪啪啪——在你身上跳绳！

他转身上了拳台。看来，新兆已完全醒来。

小童最受不了别人叫他中国小男孩了，气得涨红了脸一把推开阿小，直直地冲向拳台，嗖的一下跳上去，双眼瞪直对手。

看到这情形，阿小歪歪头坏笑了一下。

阿小：这个样子嘛，才是中国小男孩！

两个人戴好护具，新兆略低头盯着小童，忽然抬手拍了拍小童脸上的护具。

新兆：裹得够严实，怕打花了脸，小哥不帅了？哈哈哈！

说完，他转身向后走了几步，小童气愤地双手一抖把护具摘掉甩到拳台下，众人吃惊不小。

新兆转身一看：呃嗬？

中国小男孩，戴好护具，脸打花了就不帅了？哈哈哈！

说完，他转身向后走了几步，小童气愤地双手一抖把护具摘掉甩到拳台下，众人吃惊不小。

　　两个人都被对方激怒了，好像思维比动作滞后了最少十秒，进攻与防守更像一种本能反应，没什么企图和预期，如同两部机器般缠斗不休。

他略一迟疑也伸手摘下护具，两人撞了撞拳，临时裁判宣布开打。

第一回合，小童发挥自己的灵活跳闪能力，化解了新兆的许多重拳进攻。间歇中，新兆累得气喘吁吁，听着教练山姆的指示。

阿小兴奋的双手托着小童的脸，一边查看伤情一边打着气。

阿小：土豆片儿，真有你的，竟然没挨一拳，他可是拳王啊，现在有那个感觉吗？

小童：还没有，下个回合看吧。

阿小：注意他的右勾，争取给我揍他两拳。

第二回合开打了，新兆不那么轻敌了，明显地使用了一些战术，并把节奏拉开，打两记快攻跳退一步，再打两记重拳跳退两步，等对手进攻产生空当时，再用他的右勾拳加以重创。他的右勾拳出了名的狠准沉，对手被击中后，即使不晕倒也会立即变得慌乱，再也无法抵挡他的快拳猛攻了。此时，小童刚刚挨了一记右勾拳，步法开始散乱起来，阿小在台下紧张地盯着，其他人都瞪圆了眼睛等着新兆的快拳，小童被那一记重拳打得身体旋转了一圈，可他晃晃脑袋又没事了，对他来说只是震动了一下而已，新兆看呆了，闭了几次眼睛，才没让瞳孔咻地放大。他挥拳猛攻，越是着急越是混乱。台下的山姆大声喊着：节奏节奏，注意节奏！

第二回合下来，小童只挨了一记右勾拳。

新兆眼带无解之感坐在休息区呼哧呼哧喘气。

第三回合终于出现了阿小担心的状况，小童开始变得眼神涣散步法混乱，也就是他说的"空的感觉"，新兆连续猛攻一口气打中了十几拳，但是，满脸带伤的小童就是不倒。他此时的对抗和防守已经和普通拳

3
狼人
新兆

056

手大不相同，躲闪和跳动没有规律不讲章法，新兆越是急于重拳击倒他落空越多。

两个人都被对方给激怒了，好像思维比动作滞后了最少十秒，进攻与防守更像一种本能反应，没什么企图和预期，如同两部机器般缠斗不休。

如此不停地打了近十分钟，临时裁判根本叫停不了，新兆又气又急发疯般地追打着小童，台下跟拍的记者和拳手们都屏息盯紧，都想知道最终会发生什么。马来仔瞪着酸酸的眼珠子脑袋瓜子插在大个子左边腋下一动不动地叨叨着：我 × 我 ×，这般大战狼人，不仅让我对人形怪兽刮目相看景仰崇拜犹如滔滔江水汹涌澎湃绵绵不绝……呜呜……呃……啊……大个子看也不看地把一大团绷带塞满马来仔的碎嘴巴，马来仔呜呜呃呃地要抽出自己的头，大个子单臂一叫力，柔声安慰马来仔道：咬住绷带，能护牙……啊！台上，新兆以小童打梨球的频率用刺拳连击小童的脸。呜呜呜呜呃呃啊……台下，大个子看得眼睛冒火浑身颤抖血脉偾张并以新兆刺拳的频率用右拳连掏马来仔的右颊……呜呜呜呜呃呃啊……马来仔被掏得眼冒金星，也明白了大个子的话。这样，没有间歇地两个人又打了有近十回合的时间，新兆抓住一个机会用左右摆拳连击二十几次，就是打不倒小童，此时他已经累到极度崩溃，瞪着血红的眼睛，双腿颤抖着用尽最后一点力量一记右勾拳把小童打得飞靠在拳台护绳上……借着护绳反弹之力小童没有倒下，新兆却随着前冲惯性扑通一声旋倒在台上，他左脸着地哗地吐出一大口血……所有人都张大嘴巴呆死在原地！嘢……呀！台下的大个子一松手，马来仔扑通倒地，大个子喊出这一嗓子后，一股泻了欲的瘫软从脚后跟簌的一下冲破了脑门子！直到这时，大家才反应过来冲到台上，阿小给小童查看着伤情，教练山姆急忙跪扶新兆，他面色惨白，一抬头看到还在拍摄的记者，挣扎地对山姆喊道：把带子扣下来，别让他带走，快！

两个记者看到新兆盯着他们，一个拉住正在拍摄的那个记者迅速往拳馆门口跑去，山姆指着记者向正在弄毛巾的助教托尼大声喊道：截住他们，快！

新兆一脸沉郁地看着车窗外的夜色。

新兆：我说不清楚那是什么，他身上有一种，不同寻常的力量。

山姆：这小子的打法太奇怪了，被你的重拳打到，他的反应不像一般拳手那么强烈，好像触感不灵敏。

新兆：触感像木头人！但反应极灵敏，你知道曾经有过那种……

山姆迟疑地看着新兆：你是说……失痛者？

新兆略微点头又摇摇头。

山姆：这件事要告诉简先生吗？

新兆：先不要，找到带子再说。

开车的托尼把车停在了路口。

托尼：我们要去哪儿？不能这么就回家吧？他 × 的，老子气大伤身了，可恶的狗仔跑得比狗还快！

新兆：先去酒吧，要是不过瘾，就带你们尝尝橘子的味道。

休息室里，伙计们已经把涮料食材都备好了，电磁炉上的海鲜咖喱火锅正滋滋地冒着热气，鸣哥招呼大家入座。

鸣哥：来来来，今天陪鸣哥喝酒，我弄的打边炉啊，那可是出了名的地道。

几个人吃喝得热闹。

鸣哥：你今天打得还不错，看来你真的很扛打，那个新兆发起疯来呀一般拳手挡不住，他原来在咱们拳馆训练过，陪练们都怕他，有一个都被打成了重伤啊！

小童：他是拳王，谁能扛得了他呢？

鸣哥：你呀！最后一场那通重拳你都没倒下，意外啊！

小童：可能我做过人体沙包，习惯了挨打吧。

鸣哥递给阿小一瓶啤酒。

鸣哥：其实我跟新兆的老爸很熟，你也应该知道仓井先生吧？他年轻的时候才叫厉害，有一次，他去打一场挑战赛，好像是亚洲拳王级别的，人们都觉得他一定会输，结果出乎意料啊，杀到第十五回合，最后，他把那个什么拳王一拳给打死了……后来啊，国际联盟都把赛制从十五回合修订为十二回合了，一直到现在。

阿小：那……仓井先生后来还打吗？

鸣哥：还打个屁呀傻瓜，都给终身禁赛了，从那以后他人也变了，整天躲在湖边钓鱼，跟谁都不讲话，他老婆怕他出事就常带着儿子去陪他，没想到有一次发生了意外，唉……这都是人的命啊！

鸣哥好像说累了，停下来喝口酒，点了根烟。

阿小：鸣哥，你今天说仓井把新兆关起来进行狼式训练是怎么回事啊？

鸣哥：仓井本来不想让儿子打拳，可这小子太争强好胜，还到处惹是生非，仓井怕他出事，就把他关起来进行极其严酷的训练，他那套方法简直不讲人道，为了强制新兆克服恐水症，还差点让他丢了性命呢。新兆也算没白受罪，到底还是打成了拳王，就是为人太过凶狠。他老爸对他狠，那是为了保护他，可是他呢，全都发泄到了对手身上。

阿小：新兆有恐水症？

鸣哥：拳手都有问题，不是体能就是心理。你们俩……出来！狗头狗脑的，想蹭吃喝得像个人样，还他×职业拳击手呢，去做职业狗仔算了！

啊——哎呦——马来仔呼地一起身，脑袋咣当撞实了大个子的龅牙嘴巴，两人捂头揉嘴地站在门口，一样狼狈。

鸣哥：嘁嘁，看这俩废柴，对了，先擦地板！

哥俩儿对望着，表情像是竖中指。两人拿来拖把擦地板，比白天打沙包还磨蹭，马来仔一直溜着小童看。

阿小：鸣哥，说实话你觉得小童他行吗？

鸣哥看了看闷头吃喝的小童，他好像饿坏了，不停地吃。

鸣哥：嗯，这小子拳路挺怪的，就说今天这场对抗，这要是电视台给播出去，那可是轰动性的。以后啊，多点实战，没准真是发动机呢！咱们拳馆的啊！

阿小思忖着：你说，要是仓井先生能……

鸣哥：哎哟，想都别想，那是个怪人，这些年好像开了间渔具店，整天就是钓钓鱼享享清福，唉，其实我还挺羡慕他的，要是没这帮废柴拖着我呀，我早就找他钓鱼喝酒过神仙日子去了。

阿小：哎，鸣哥，要不你带我们去见见他呗。

鸣哥：我哪有时间啊，他那个地方在城北，远着呢，再说……

阿小：你就带我们去一趟吧，以后发动机打成拳王，还不是算咱们拳馆的嘛！

鸣哥无奈地笑笑，盯着他们看了看。小童发现鸣哥盯着他，不好意思地停住嘴，又看看阿小，然后低头接着吃，好像他们说的跟自己无关。鸣哥拿出一张小纸片，在上面写了个地址。

鸣哥：唉，这么着，你们自己去，这是地址，只能算是碰碰运气吧。来，陪我喝酒！

糊弄着擦完地板，马来仔顾不上吃喝，凑到小童跟前：喂，人形怪兽，以后我就是你的超级助理，有什么事……一看，小童已经歪着头睡着了！

京都搏击会的顶层阳光房内，峻先生和体育频道的大友先生围坐在茶艺台上正在交谈。峻先生冲旁边的茶艺女伶一挥手，女伶退出，他拿起闻香盅沉浸了一会儿。

峻先生：中国的武夷岩茶，道行真是太深了啊！啧啧啧，哪一道都不简单。

大友：是是，先生对茶道领悟极深，让人钦佩！

峻先生：茶道在中国，我们只是浮光掠影而已。说说吧，那个真人秀到什么程度了？

大友：目前还算顺利，甄选正在进行，不过，能拔出来的没几个，策划方面还是缺少一个持续性关注的话题，不好落地啊。其实我来，是想给先生看一点东西……

说着，他取出一个笔记本电脑，打开一个视频文件，观察着峻先生的反应。

大友：这是我们两个记者跟拍到的，对方只是一鸣拳馆的一个无名拳手，却打出了这样的对抗。

峻先生一边把玩茶盅一边看着视频，眼光不停闪动着，似乎看到了某种……东西！他喝了口茶，沉思了一会儿。

峻先生：把它播出去！

大友：可是，这对低谷中的新兆先生，还有您的俱乐部可都是个不好的影响啊！

峻先生：要想拯救他，就先搞臭他！你难道忘记了，人们就是喜欢意外的东西。看看那些世界拳王，哪个不是话题之王！

大友：可是……

峻先生：拳击的迷人之处，在于胜负难料。当王者归来，万众期待什么？谁会期待一场没有悬念的超级大战？如果没有了观众，你跟我，我们这些做娱乐的，又算是什么？

峻先生一边料理茶艺一边自己念叨着。

我要给他找个有趣的对手，让他们斗下去，直到巅峰。所以，火候一到就把它播出去，轰起来，坐等好戏！

　　其实，我爸教会我很多东西，那时候不懂啊，还觉得很烦……他走了以后，我才慢慢知道……

　　他去了哪里？

　　小童抬起头，眨巴着眼睛望着夜空。

　　有一次出海……那年我十二岁，我记得那个早晨，他拍拍我的头说——我走啦！就像男人之间的告别……那阵子，我每天沿着海岸跑，看到渔船就找……过了好多天，他们的船才被拖回来，都快碎了……

⒋仓井

在警署里办了手续，交了保释金签过字后，仓井被那个相熟的年长警员带到机房，他调出事件的现场监控录像给仓井看着。

——某酒吧走廊里，新兆至少冲击了三个包厢，他见到女孩就喊橘子，说要保护她，满走廊追打那些男人，有人用啤酒瓶砸他的头，很危险，但是没用！根本砸不昏他，谁也拦不住迷幻疯狂的新兆，直到警察冲入控制了他。

警员：这个样子啊，就是不做尿检都能定性了，下次就得关喽！他这样会出大麻烦的，甚至会丢命啊！

仓井：唉……真是痛心！责任在我呀……要不是当初……唉……给您添麻烦真是过意不去啊！原来，总想让他付出一些代价，自己得到教训醒过来，只要不是生死代价就好，唉……看来难啊！

年长警员不无同情地看着仓井点点头。

警员：从这几次的行为看，应该是他的心理出现了问题，我认识一个心理医生，要不要带他去看看？

仓井：唉！连见都见不到，我怎么带他？哼哼……

仓井尴尬地笑笑，两人来到天井处点上烟聊着天。

仓井：跟我翻船快一年了，上次争霸战我是托朋友才搞到票进去的，在候场区见了个面，父子形同路人！伤心啊……我知道，他沾毒也是因为那要命的恐水症，说起来也是我的过失啊！

警员：这个嘛……凡事有个因果，当年那个好战的仓井消失了，出来个现在的新兆，就说我们小至那性瘾的毛病，我琢磨着，也跟我当初把他锁起来不让参加棒球队有关呐……唉！这上辈子都欠了什么嘛？

仓井：可是，我当年好战那是在拳台上，他现在是做人有问题呀！

警员：好了，不管什么问题，我们都只有承受的份啊，我们都老了，日子可真不经混，也就看十场世界杯……一辈子就快过去啦！

仓井苦着脸笑笑，年长警员同命相连似的拍拍他的肩膀。

警员：走吧走吧，气大伤身啊，该钓鱼钓鱼，该喝酒喝酒，哎……抽空，我再去挑几个鱼竿啊。这边老规矩吧，还是不告诉他对吗？

仓井点头谢过，告辞。

仓井正在倒腾着刚钓回来的大黄鱼，他从鱼篓里抓起一条活蹦乱跳的大鱼按在一块木板上"啪"地一刀拍住，很快打理妥当。新兆蹲在一个小铁炉旁边，一脸疲倦地盯着炉火发呆，火上边有个吊起的铁锅，嗞嗞地冒着热气。

新兆：你，能不能再给我些钱？

仓井把鱼放进锅里：这样最鲜了……

新兆：渔具店不是有我一些钱吗？

仓井：记不记得？那时候，咱们在河边……

新兆：等我打了比赛……

仓井：你和妈妈一起烧火煮鱼，那个鱼鲜味啊，飘得满河畔都是，那些鱼都馋得直往上跳啊……

新兆：别再跟我唠叨那些事了，行吗？你要是没那该死的钓鱼雅性，我妈能出事吗？我能落下那该死的怪毛病吗？要不是那该死的怪毛病，我这次能输吗？啊？现在你满意了是吧？看样子还很高兴……啊？

仓井：儿子回家了，哪有父亲不高兴的……

新兆：我这次被禁赛……都是因为那该死的……

仓井呆立在那儿，他盯着鱼锅一动不动。

仓井：够了……那是你的命你能选吗？如同我给了你生命，就是你爸爸，这能选吗？啊？

新兆气呼呼地站起身，出门直奔自己的车子，仓井在后面大喊了一声：等等……

新兆暴躁地上车摔门，在车里气呼呼地等着，他越想越气，用力砸了一把方向盘，打着火猛一脚油门，汽车绝尘而去……仓井从房子里出来，望着远去的车，低头看了看手里的一卷钞票。

他转身欲回院子，一抬头看到了隔壁的老友。

老友：我还以为老子教训儿子呢，谁知道反过来的，哈哈。

仓井：哼哼，过来喝酒吧，有鱼吃！

老友：唉，今天不行，儿子和太太回来吃饭，改天吧。

仓井点点头回到院里，打开锅盖看着炖得正欢的大黄鱼苦笑了一下，他扭过脸说道：那你把鱼端过去吧……

老友已回房间。

他拿起汤勺尝了口鱼汤，嘴里发出啧啧声。此时，屋内的电话响起来，仓井进去接听，是一个老朋友打来的，两人聊了一会儿。他放下电话想了想，又拨通了新兆的手机。

仓井：在被人敲碎脑壳之前，赶快把那东西戒了，还有……

嘟，嘟，嘟——新兆那边挂断了电话。

仓井：你只在乎输赢，成不了一个好拳手！

等他返回院里，鱼锅已经烧干。他用水浇灭了干锅，气恼地把锅盖扔在那儿返身回房了。

日落时分，仓井独自坐在寂静的湖畔上。

他嘴里叼着烟眯缝着眼睛出神地望着水面，鱼竿没有半点动静，只

有几缕飘忽的烟雾打破了这孤单的死寂。身后的一片草丛旁，停着他那辆破旧的小货车，一条小路直直地通向远方。

　　幽暗的天色下出现了一个小亮点，一辆摩托车直奔小路尽头而来。阿小把摩托车停在货车旁边，他一眼就望到了湖边的仓井，用手指着那边对小童说着什么，两个人蹚过草丛，来到仓井近前。

　　阿小：请问，是仓井先生吧？

　　仓井：你们是谁？怎么找到这儿的？

　　阿小：我叫阿小，这是小童，是鸣哥让我们来找你的……

　　仓井：哪个鸣哥？

　　阿小：一鸣拳馆的老板。

　　仓井没再往下问，他从口袋里取出炭火引，把旁边铁槽里的一堆木炭点着，火燃起来了，他才抬头看看阿小他们。

　　仓井：一鸣让你们来……有事吗？

　　阿小：啊……我这有一封短信……

　　阿小边说边打开自己编的短信，把手机递过去，仓井迟疑着，有些不情愿地接过来，看了两行字手机又黑屏了，他有些烦躁地把手机扔给阿小：黑了。

　　阿小接过手机，按亮了再给他看完，仓井摇着头，露出嘲笑的神情。

　　仓井：一鸣的脑子是不是出了问题？我二十年没碰那玩意儿了，让我教人打拳？我教他钓鱼还差不多。你们走吧，别搅了我的兴致，鱼都吓跑了……

　　仓井坐在炭火旁，他把刚串好的两条鱼架在上面，要开始烤鱼了，阿小也凑过去，蹲在那帮忙。

　　阿小：不是……那个，鸣哥说……小童是个有天赋的拳手，他说……要是您能……

仓井：除了钓鱼我什么都做不了，再说，看这小子傻愣愣的，好像也没什么天赋。

正在这时，一直傻站在旁边的小童忽然看着河里的鱼漂喊着：嘿，有大鱼！

他也不管他们的反应，直接跑到湖边拿起鱼竿开始收线，仓井和阿小都往湖边看着，小童熟练地起竿收线，把一条大鱼摘了钩抓在手上。

阿小：哎，还真是条大的……小心小心！

仓井看着走到近前的小童和他手里挣脱着的大鱼，伸手一指旁边的大鱼篓。

仓井：扔那吧，我不知道你打拳什么样，钓鱼还挺在行，这么大的鱼，钓到了也不好收啊……

仓井起身要去湖边，忽然停下对小童说：去我的车里拿点酒来。

他又转过身指着火上的鱼跟阿小说：看着鱼啊。

说着，自己走到湖边下钩去了。

阿小笨拙地烤着鱼，仓井下好了钩，很快回到这边。

仓井：你这么烤不对。你看，这样转，要慢，过火要柔和，对不对，翻过来，再转……对，这么烤才能外黄里嫩，再撒上调味……嘿嘿，味道没得说啊！

三个人喝着酒吃着烤鱼，小童喝得脸泛红光，话也多起来。

小童：小时候常跟着我爸去钓鱼，说来也怪了，他总能钓到大鱼。

仓井：就说你爸运气好喽！

小童：是啊，我呢就急着去扯线，鱼总是脱钩，我气的又急又哭……后来我爸手把手教我，他说大鱼呢，力量也特别大，你越急着收它越容易跑，要收一点放一点，慢慢地就到你面前了……

阿小看了看小童，点点头。

阿小：我还以为……

仓井：我原来，也常带着儿子来钓鱼，带着全家人……

小童：其实，我爸教会我很多东西，那时候不懂啊，还觉得很烦……他走了以后，我才慢慢知道……原来父亲给儿子的最大财富就是陪伴！

阿小：你爸……他去了哪里？

小童抬起头，眨巴着眼睛望着夜空。

小童：有一次出海……那年我十二岁，我记得那个早晨，他拍拍我的头说——我走啦！就像男人之间的告别……那阵子，我每天沿着海岸跑，看到渔船就找……过了好多天，他们的船才被拖回来，都快碎了，像一堆废墟！我在那堆撕烂的船帆里发疯一样的翻腾，手脚都刮烂了，根本没有知觉，我看到，那里到处都是父亲的影子，我想我在那儿，他也会在那儿，我走了，他就会消失……再也回不来了……

火噼啪作响，三人咕噜咕噜地喝酒，短暂的沉默着。

仓井：唉！以后啊……你们没事就来跟我钓鱼吧！怎么样？

暗红色的帐篷里，阿小已经睡着了，小童被一阵风声惊醒，他觉得帐篷有些摇晃动荡，就钻出来四下里张望着。风势越发地猛烈起来，湖泊里水流很急，沿岸的树木被刮得左右摇摆。不用说，一定是暴雨将至。小童猛然看到仓井正站在齐腰深的水里，双手贴胸仰望着夜空，风把他的头发吹得杂乱不堪，他却径自站在那一动不动的。小童跑过去，在他身后不远处喊道：先生，仓井先生……仓井一转头，一道闪电燃亮夜空，小童看到仓井的脸上竟然挂满了泪水，他一惊，人就冲进了水里，边冲边喊着：先生，你没事吧，要下雨了！

一瞬间，大雨倾泻。

那阵子，我每天沿着海岸跑。

嘿嘿，味道没得说啊！

就说你爸运气好喽！

伴着雷电轰鸣声，仓井喊道：我没事，你快走开，你这小子，走开！
暴风雨中，两个身影在水里摇晃着、趔趄着、撕扯着。

小童掀开身上的盖布，光线刺得他一时睁不开眼睛，暴雨后的曝晒令人头昏脑涨。他推了推身边的阿小，那家伙用吹乱的帐篷把自己包裹得严严实实地，他们俩就这样蜷缩在仓井的货车厢里，捱过了这个暴风雨之夜。

仓井呢？此时还横卧在自己的驾驶室里酣然大睡着……

暴雨把湖畔的草丛变成了泥沼地，车子根本开不出去了，小童和阿小又是抬又是扛又是推地折腾了两个小时，弄得满身泥水狼狈不堪。中午时分，好不容易把车子弄到旁边的沙石路上，就再也打不着火了。

仓井坐在驾驶室里，跟着那个破音响哼唱着比他还老的老歌，偶尔偷笑着看一眼后视镜，小童在后面满头大汗地推着车。

小童：我推起来，你看看能不能发动啊！

仓井：推啊，快一点……

小童：打火啊……

仓井：打不着！

小童：你再试试啊……

仓井：试过了，推吧！前面就有修车房了。

阿小骑着摩托车跟着他们。

阿小：你行不行啊？用我帮你吗？

小童：不用了，他说前面不远可以修车。

阿小：我看不像啊……快到下坡了，我往前找一找……

车到下坡路，小童一跃坐在了车后厢的垫子上，仓井看看后视镜，笑道：还挺会偷懒，哼哼，一会儿让你尝尝爬坡的滋味……

车子快到坡底时，速度很快，小童想借助惯性往坡上冲，他飞身跳下车子快跑起来推着车身，仓井故意把方向盘往路边的软草地上打了个弧线，再回到路上，惯性就没了，车子几乎要往后倒退起来，小童赶忙冲上几步用力顶住。

他冲前面大喊：你干吗乱打方向啊？

仓井几乎笑出声来：不是啊……我刚才打了个盹儿，小睡了一下。

小童全力推住车，压着嗓子喊道：啊？你太过分了！

由于上坡的阻力太大，他只有迅速转过身倒着推行，累得再也喊不出声音，到了一个坡点就只能顶住车子不动，再也无法前行了。

小童累得脸通红，回头喊叫：拉——手——刹——

仓井打开车门跳下来，随意说了句：那玩意儿坏了。

他走到后面见小童快顶不住了，才跟他一起把车推到坡顶。

仓井：真是没用，连这样的小坡都推不动。

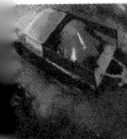

小童大口喘着气，转过身眼睛瞪着仓井。

小童：哎！你坐车我推车，要不我们换换？

仓井：换就换，反正前面是下坡。

小童被他气得说不出话来，只好把脸扭到一边去了。

终于到了一段长而平缓的下坡路，小童筋疲力尽地躺在车里，两只脚耷拉在车后晃动着，轻松地喘吁一会儿。他眯起眼睛看着天空发呆，一些高高低低的树木在两边划过，阳光透过枝叶掠过鸟窝，忽明忽暗地跟随着他，把斑驳的影子投射在车上和他的脸上。

阿小的摩托马达唤醒了小童。

小童：找到了吗？

阿小：根本就没有什么修车的，不过前面就是公路了，能找人帮忙。

公路上，仓井把车子停靠在一边，在车里写了一个小字条，他下车来到后面，阿小刚刚停好了摩托，小童耷拉着脑袋坐在地上喘粗气。仓井把字条递给阿小：一周以后，去这个地方找我。

说罢，他看着小童笑了笑，然后转身上车。

阿小低头看看字条：清水湾？不会还是钓鱼吧？

仓井关上车门，"咔嚓"一声打着引擎，车子轰鸣起来，小童和阿小都惊住了。

小童：你神经啊……啊？

车子呼呼地倒了回来。

仓井：想让我训练你，得陪我钓鱼。

……

清水湾是一条很袖珍的街道，南北走向，不过半里路的距离。两边分布着整齐的木屋民居，朴素别致，与都市的繁华格格不入。民居大多为二层结构，一层是小店铺，顶层是杂货间或者用来居住。店铺有各式面馆和当日料理，混杂着居酒屋的地道烧酒味，漫步其中你会立感饥肠辘辘。最迷人的要数那几间新鲜烤房，铃铛一响，蛋糕出炉，于是，空气里飘荡的尽是轻乳酪的醉香甜了……

这里奇怪的是有一条源头不明的溪流穿街而过，溪水浅而清，成群的小蝌蚪游弋在鹅卵石和小水草间，仔细一点，你甚至能看到那些蝌蚪的表情，真有几分微缩景观之感。

一扇铁栅门从下往上哗啦啦地开启，强烈的日光斜射进来，映照着泛起的尘埃。仓井站在门口拍拍手上的灰，身后停着他那辆货车。这是一个旧仓库改造的空间，因为多时不用，到处都是厚厚的灰尘，一些体积巨大的物件被防尘布覆盖着，仓井掀开眼前的一块大布，露出一个方形的玻璃水箱，大概有五六平方米的大小，一人多高的样子，水箱的侧面是个阶梯缓台，人可以从那里上去，里面有个直角的三级台阶，人要站在第三级上，脑袋刚好露出水面。仓井望着缓台顶头，拿出一根烟点着，他狠吸了一口烟，眼睛始终盯着那里看，人好像钉在原地一样。

阿小他们把摩托车停在小街旁，两人各分东西地向两边搜寻起来。小童好奇地盯着小溪流看了一会儿。

小童：哎，小哥，这里还有鱼啊。

阿小：我只看到了蝌蚪，快找店吧。

——清水湾渔具店！两个人看着自己的方向同时喊出来！果然，东西相对的有两间一模一样的渔具店，一样叫清水湾，一样的门栅紧闭。

小童：到底哪一间是啊？

阿小拿出仓井写的字条看看，指着东边的店铺说：我知道了……

摩托车从店旁的小窄巷穿过去，绕到后面的一片石子路上，再开过一条较宽的林荫道，就看到远处的一个大房子了。

仓井出神地盯着水箱一角，他仿佛看到了当年新兆站在缓台上浑身颤抖，躲避着水波的折射，自己在旁边催促着，最后一脚把他踢进水中……

4
仓井

仓井猛地贴近玻璃，视线游移着，他看到了水中的新兆，惊恐地扭动身体，绝望地摇晃着脑袋，挣扎着向自己求救……他用手掌撑住玻璃，痛苦地紧盯着里面，似乎是这厚厚的玻璃把他们父子俩的人生隔开一般。

外面响起摩托车马达声，仓井回过神，手上的汗渍已经印在了玻璃上，他拭了一把脑门上的汗珠，转身走向门口。阿小和小童已经站在那了，正向里面张望着。

阿小：好家伙，这地方都能开个拳馆了。

他见仓井过来，赶紧上前点头招呼道：仓井先生。

小童：缺个拳击台啊……也没有沙包。

仓井：别站着说三道四了，做点什么。

三个人开始清理房间，小童最初还有些新鲜感，因为看到了他这辈子都没见过的渔具，听仓井说里面不乏珍品，有海钓的湖钓的冰钓的一应俱全。仓井倒是张罗得兴致勃勃，这一种需要透气，那一类需要密封，该上架的上架，该入箱的装箱……一直忙活到晚上，房间里终于有了整齐的模样，只剩下一个巨大的台案上，堆积着大大小小的网具，破裂的鱼竿，还有坏掉的各种鱼钩，留待仓井慢慢整理。房子中间的那个大玻璃水箱就快注满水了，在深灰的环境基调中闪烁着湛蓝的流光，小童满脸挂汗满身飞尘地围着它看着，转悠着，琢磨着。

小童：这个玻璃池……是用来储水吗？

仓井：那个……那是给你用的！

小童：什么？给我用的？

他贴近玻璃，望着里面模糊的自己，嘴里嘀咕着。

仓井：别看了，过去把那个大阀门关掉。

仓井在身后猛地拍打了他一下，小童倒吸一口气，转身过去关阀门了。

——可惜新兆没能过得了这一关……

仓井拍拍手上的灰，盯着水自言自语。

一切停当，仓井扔给小童一副拳击手套：打几拳给我看看。他和阿小坐在旁边的破藤椅上，小童戴好拳套，挥臂打出几个刺拳，扭了扭脖子接着打了刺拳加后直拳的连击动作，又跟进几个左右摆拳，渐渐舒展开了，嘴里发出"呼呼"的叫声，动作更快了，步法和移位也更灵活了，只是呼吸越来越浅……仓井眯缝着眼睛看着，然后不置可否地笑笑。

仓井：打得不错，步法够灵的。

阿小：是是，之前做人体沙包都很少吃亏。

仓井：还做过人体沙包？那他一定扛打啊！来，那个柜子里还有拳套，你去打他让我看看……

阿小：啊？我很久没动过了，再说也打得不好……

仓井：哎呀什么好不好，就让你试试他，快！

阿小跑去拿拳套，仓井看看停下来喘吁的小童。

仓井：接着打，开始……

"啪……啪……啪啪……嘭嘭嘭……啪啪……"仓井随意地拍着身边的台子，发出一种有韵律的鼓点声，小童的步法准确地和上了节奏，产生一种他自己能感觉得到的律动节拍来，他显得有些兴奋。

小童：我好像能跟得上拍子，很奇怪啊，原来没有过……

仓井：瞎说，是我跟上了你的步法，拳手的步法是有节奏的，只不过你自己感觉不到，好的拳手这个节奏一直不乱，到最后还能打出重拳……

他低下头琢磨着。

仓井：说真的，你的步法有点像跳舞。

说罢又摇摇头，这时阿小已经戴好拳套站在小童旁边。

仓井：来来来，你们打，我看，没规则，随便打。

两个人摆好架势。阿小卯足劲乱拳猛攻，小童跳退防守着，步法散乱，他看准一个机会进行反击，步法又恢复了节奏，几个上步连击，一个右勾拳把阿小打翻在地，小童过去扶起阿小。

仓井：真打起来就乱了，防守的时候更乱，气息和步法都是飘的。

阿小：他在拳台上很灵活的，不是这样的……

仓井：灵活不是满拳台乱跑，有跑赢的拳手吗？

他紧盯着小童。

仓井：你的乱是一种怕……

小童：怕吃拳头呗！

仓井思忖着：这不是拳台那点事，我都不知道该怎么说，你现在最需要的是练气息……先说好啊，拳馆的那套我不教，还有，以后每周都得陪我钓鱼啊……好了，刚才算是热热身，你……脱衣服吧。

小童：干什么？

仓井：下水，练气息！

小童张大了嘴，迷茫地望着那个大玻璃水箱。

小童：找个脸盆不就可以练气息吗？

仓井：那是憋气，快点！

阿小在一旁推推他，小童不情愿地走去换衣服，一边走一边看着水箱嘀咕着：又不是练潜水，干吗这么大动作嘛……

换好了衣服后，仓井拿来一根大绳子给阿小。

仓井：给他系上，在缓台上帮他出水，刚开始练，容易抽筋和呛水。

他们照吩咐做好，两个人一前一后上了台阶，站在缓台处不知所措地看着仓井，像两个犯了错的少年等着发落一样。

阿小：先生，已经好了……

仓井忙着手里的活计看也不看地说：好了就下水吧，还犹豫什么？

小童忍不住大声问道：那我怎么练气息？有什么动作吗？

仓井：憋气，感受水压，动作自己想，跳舞也行啊……

小童无奈地盯住水面，好像下了决心，一闭眼睛跳了下去，阿小放着绳子看着水里的小童。

阿小：先生，他要这么练多久啊？

仓井：我怎么知道？气息练好他自己会知道，我只管记时间，当然越长越好……

仓井翻腾出一只老旧的秒表，他自顾自地调整着按钮，不时地晃动着，凑在眼前检查着是否停跳。

小童入水后感觉很凉，就伸展四肢慢慢游动着身体，憋了一分钟左右就自己探头出水了，他大口喘着气冲阿小晃晃脑袋。

小童：啊，水好凉啊，我必须不停地动起来！

仓井：那就对了，一会儿开始计时，以后的练法是水上水下二比一。

阿小：你不是在海边长大的吗？我看对你来说这是小意思吧……

小童：说得容易，这种水，压力很大的……

说完又潜进水中。

……

小童在水里自如地变化着四肢动作，时间也能更长了。

仓井双脚架在桌子上，他一只手翻看着成人漫画，另一只手拿着秒表。小童在水面上刚一露头，他就能准确地记秒，好像脑袋后面长着眼睛。

小童：这次怎么样？

仓井：不错啊快五分钟了……

说完又晃晃表。

小童：表准不准啊？

如此枯燥的练习进行了一段时间，小童被折腾得苦不堪言，不知呛了多少次水。仓井呢？不是在那看成人漫画就是摆弄他那一堆鱼竿鱼线之类的东西，要不就是手里攥着那块破表，坐在椅子上打瞌睡。小童一直不断地练着，有时听到仓井说的秒数很兴奋，有时出水看到仓井睡着了又很气愤地喊叫着……

训练的间隙，小童得信守承诺，陪仓井钓鱼。仓井总是把货车的破音响开得很大，播放着一些老掉牙的歌，小童在湖畔的草丛中自己练步法和空拳击打，还常常被他嘲笑。

他们有时会钓到大鱼，两个人一起合作抓鱼弄得满脸满身都是水，那种开心的情景，甚至像父子……有一次，仓井请了几个跟他一样老的家伙来喝酒吃鱼，让小童烧火煮鱼侍候酒水，那些老家伙都把小童当成佣人夸奖着，弄得他又尴尬又气愤……

先生，你没事吧，要下雨了！

他狠吸了一口烟，眼睛始终盯着那里看，人好像钉在原地一样。

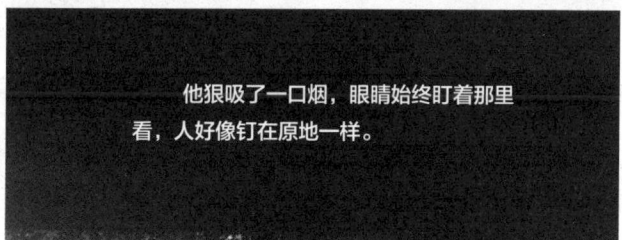

清水湾？不会还是钓鱼吧？

你神经啊……啊？

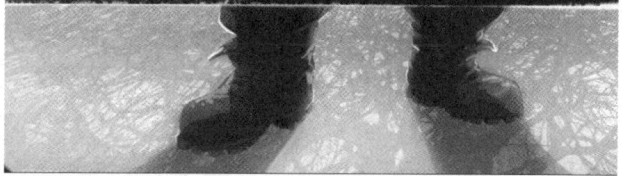

阿小边谈边激情四溢地比画着，还把小童拉起来摇晃着给陈先生看，小童耷拉着脑袋任他晃动，就是不醒。

　　陈先生你看，你看你看，你见过拳手这么玩命训练的吗？把自己累得跟狗一样……

　　一切都像峻先生预期的那样，人们都把小童当成了新兆的有趣的对手，都想看他们如何缠斗下去，直到巅峰。

　　一边吐着烟，一边看着车，新兆脑子里闪过一个念头：车主应该是个帅酷的赛车手吧！

5 不期而战

回来啦，有蛋炒饭，我还爆炒了土豆片儿，照你说的。咳咳，这辣椒圈儿，够变态！呛得我呦……不过呢，看着很香很下饭！

阿小在厨房那边叨叨着。

小童声也没吭地直扑自己睡觉的地方，身上那件汗涝涝脏兮兮的无袖帽衫都懒得脱，疲累不堪地咣当倒下去。

真的假的？好惨噢！像是被魔鬼性侵过……

阿小走过来看看他，低头擦着一只大白盘子，插科打诨嘴不闲着。

滚开！

小童低吟道，看上去也无力翻个身似的。

是不是跟以前训练很不一样，啊？有种上天入地死而重生的感觉？

阿小忽然很兴奋。

我说滚开！

小童低吼道，他翻了个身，好像用尽了气力。

嗬嗬嗬……呵呵呵……啊哈哈哈……

阿小莫名坏笑并大笑。

来，与魔鬼作战的人，吼起来吼起来……来吧！来吧！你这么喊：你这恶魔，老子不怕你，老子爽着呢！

啪——哗啦啦……小童跃起一拳，把那大白盘子打成一地碎片。

爽个头！一天上百次浸水，跟车跑搬石块进水里打阻力拳，这些压你身上就他 × 地狱，还他 × 说爽？啊？

骂完，小童爽爽地吐着气，眼睛落在阿小被碎片割破的手上。

吼吼……发动机吼起来喽！地狱战恶魔，英雄还魂附体呀！

阿小更加兴奋地嚷嚷道，顺手扔掉了最后一块碎片。

小童看了一眼碎片，抬头望着阿小，皱皱眉。

那变态的老家伙根本不把我当人嘛！这么练下去，真不知道……你这鬼主意到底……

事情靠做的！人的感觉呢有时候真假难辨……

阿小边说边走近小童。

来来土豆片儿，我给你捏捏，松弛一下，吃了饭带你去个地方，见个推广人，他手里有大把的赛事，机会说来就来喽……来来起来。

厨房里，阿小盛饭上菜。

这爆炒啊，只能就着锅吃喽！就那么一个大盘子……

小童呼呼地过来，把用透明胶带粘好的盘子递给阿小，摸着像纸糊似的。

凑合用吧！还能盛几顿。

小童喃喃道。

阿小说的地方离住处不远，也就隔着两条斜街，一条是酒吧街，一条是杂货店铺街，都是人流密集的街区。他们骑着摩托避开行人，拐上了一段开阔的大道。两旁有些樱花树，过了花期，显得很落寞。人在气力用尽时，会感觉世界是朦胧的，反正这一路，小童觉得自己是趴在阿小的后背上飘过来的。他迷糊着，上了一段坡道，还是迷糊着，车子停在一处别致的建筑前。

——哎，醒醒吧……到了……

阿小抖抖肩膀。

小童迷迷糊糊下了车，跟着阿小进了门。

一个熟悉的旋律软绵绵地钻进了耳朵里，等等！这到底是哪里？怎么会有她的歌声呢？小童觉得身体发热发轻，或者是更飘了，可以说，有些恍如梦境。他们走进了廊道，暖色的光线迷离幽深，把空间渲染得别有韵致。

阿小：熟吧？歌迷开的，据说有十几年了⋯⋯

哦！阿小的话让小童不再恍惚，他看到两边墙上挂满了精致的相框，里边都是邓丽君在日本的一些演唱会照片，老旧、温暖，很珍贵的样子。

阿小：每年的纪念日，这里都有歌迷活动，好多的山茶花，那是她生前最喜欢的花，还有人收集她的签名照和杂志上的照片装订起来，就变成了纪念册，放在这里跟大家分享回忆⋯⋯

阿小的声音听起来像是从某个狭长的隧道里飘出来的。

看着那些照片，小童混沌地喃喃着：我爸最喜欢她的歌了⋯⋯

阿小：我也喜欢她啊！

小童：他有两盘那种旧旧的老磁带，每次出海都带着听⋯⋯

小童用手给阿小比画着说道。

两人坐在里边的沙发区，阿小在给陈先生打着电话。酒吧里客人不多，服务生送来啤酒和干果，小童也没力享用，趴在桌上闷头便睡。

陈先生在他们对面坐下，阿小兴致勃勃地开始吹嘘着小童的能力。

阿小：虽然是新手，但是总得给他一点机会，太强说不上，挨打对抗的经验没得说，一般的拳手扛个十来回合没问题，这样比赛才好看嘛对不对陈先生？

陈先生：话是没错，但是主办方的目的你该清楚吧？他没有职业赛绩，这个？唉⋯⋯我们选人那是要为人家赢拳赚钱的。再说，这次的排名赛很特殊，前三能获得年度拳王挑战赛资格，大家都挤爆头往里冲，他这么个新人你让我怎么运作嘛？

阿小：我懂我懂，哎，陈先生，小童最近的战绩可是够神的，连鸣哥都高看他一眼呐，在拳馆跟新兆打对抗都没怎么吃亏，新兆啊！那可是拳王啊！真的真的，就在鸣哥的拳馆，陈先生不信你去打听下，呵呵，这种事我敢跟你乱说嘛对吧？

阿小边谈边激情四溢地比画着，还把小童拉起来摇晃着给陈先生看，小童耷拉着脑袋任他晃动，就是不醒。

阿小：陈先生你看，你看你看，这小子平时训练就这么玩命，把自己累得跟狗一样……

他一松手，小童又扑通趴回桌上接着睡。

陈先生看看小童，半信半疑地冲阿小点点头。

陈先生：唉！你这么说我不给个安排也对不住鸣哥，他为了排名赛的事，可是多方打点费尽心机啊！不过呢，这次的流程很复杂，现在还剩不足两个月了，你们要准备好赛前训练、赛事通检和媒体见面会等一大堆事呢，过后我会告诉你各方需求，拳馆这边一定配合好，哪个环节都不能出错啊……

阿小抓起一瓶啤酒一饮而尽，他忘形地拍打了一下小童的后脑勺。

你记住，机会我给了……但这玩意儿、稍纵即逝啊！

陈先生擦了擦眼镜，戴上。盯着阿小若有所思地笑笑，走了。

摩托车穿行在小街巷里，迷离的街灯下，小童趴在阿小的肩膀上苦睡。

……

木头人！哎！木头人，你该把自己变回沙包……让别人打！你这个……人体沙包。

新兆忽然在自己的身后发声，小童一惊，他伸手扶稳了沙包，扭头看看，嗯哼，这家伙今天是三个人来的，小童没吱声，接着打沙包。

新兆最近很抓狂，恐水症害得自己被禁赛处罚，还丢了一条金腰带。本想躲在橘子里捱过动荡的心理周期，没想到一出来就遭遇了这个该死的幻觉一样的中国少年。

他到底是人是幻呢？

那个录影视频会不会成为我的定时炸弹啊？

他总想这两个该死的问题，找不到那个视频，只能一次次回想当时的对抗情形，梦里，他和幻觉少年打得乱马影花。凭直觉，他知道自己十二回合内 KO 不了对手，顶多靠点数赢他？这真够挫！想想以往的辉煌战绩吧，就连黑雄也是在六回合之内 KO 拿下的啊！他面带忧烦头昏脑涨，他去酒吧酗酒吸毒打人以泄无端之愤，他去橘子致幻，他试图再次找到那个大水球里面的中国少年，看看他到底有什么本事？可是，他只能看到少年的帅脸酷肌，流着汗，嘴里发出呃呃呃呃嗬嗬嗬的喊叫，仿佛在击打自己的五脏六腑。

无处泄愤，也理不清个头绪。他隐约感到自己的好日子快见底了，焦躁使他无法专心训练，三天两头地往一鸣拳馆跑，他想看看木头人到底怎么练的那一身打不透的酷肌，要是自己也能那样岂不天下无敌？他梦想着自己飞到拳击天堂拉斯维加斯去拿世界拳王金腰带，远离这个一地妖兽的城市！

刚开始，山姆和托尼还跟着他来拳馆，怕他出事嘛！后来，就剩新兆一个人来。因为根本无事可出嘛！他们觉得无聊劝又劝不了索性放手不管他。你看，每次来拳馆，要么就是小童不在，新兆自己打打沙包，要么就是小童在打沙包或打梨球，新兆杵在那看，就这么一直陪着他看搁谁不崩溃呀！

喂……木头人，你的训练，就只是打打沙包这么简单吗？

新兆总是这么问。

怎么？看烦了？烦了就走，我不留！

嘭嘭嘭嘭……小童手都不停地回着他。

为什么你总是打那该死的沙包？

因为它该死呗！

废话！

我也打梨球啊，圆圆滚滚的……不好打！

全是废话！

那你让我说什么？

说你身上的问题，没知觉没反应、打不透也砸不烂，你身上一定有问题，你说，这到底是怎么回事？

嘭嘭嘭嘭嘭……

这个啊……简单！每天打四个小时梨球六个小时沙包，不停地打十年，打二十年，你就没知觉没反应了……

全都是废话！停下来！跟我打！看看你还能不能扛住我的重拳……

新兆总想探探小童的底线，好让自己心里见底。他知道打沙包打梨球那玩意儿打一辈子也不会没知觉没反应成为木头人，他只是不解为什么木头人能不停地打两个小时甚至更长时间的沙包，偶尔还得应付自己的问题，这是什么鸟劲呐？这我真的做不到啊！该死的！

喂……喂喂！把那个大水桶帮我挪开……就你旁边那个大水桶。

马来仔满头大汗地冲新兆喊道，他手握大拖把呼地推到新兆脚下。最近新兆常来生事，马来仔他们也不把他当拳王看了。本来就怕水，新兆瞪着马来仔气恼地用脚把水桶踹到了一边。

谢谢！要不来个小板凳坐着看？他这……打起来可没完没了，再说也枯燥啊！一个人，对着那个大傻包，一打几小时，就算他不傻，看的人也傻了！

新兆恨恨地盯了马来仔一眼，转身走了。

马来仔地也不擦了，扔掉拖把靠墙玩起了倒立，他看着那个倒置的大沙包摇荡在空中，小童每击打一拳，它都会喷溅出一团水雾，在逆光中闪烁飞翔。

喂，人形怪兽，这么看，好像是沙包在打你呐！呵呵呵，打啊，你个大傻包，狠一点，再狠一点，抢倒他撞倒他，长出两个长手臂抱住他，把他憋得脸红脖子粗你就赢了呵呵，看看你个愚蠢的大傻包能不能打倒人形怪兽呵呵呵……嘭噢！怎么了大傻包？人形怪兽打了你的小弟弟？没事没事算他犯规接着打！噢噢！还是小弟弟？犯规！接着打！噢噢噢！都是小弟弟？严重犯规！接着打……

马来仔的没心没肺穷嗨吥把小童逗乐了，他停下来喘息着。

哎，你这家伙……整天唠唠叨叨烦不烦啊？

马来仔一下子站起身。他倒是憋得脸红脖子粗。

人家怕你枯燥嘛！那个狼人，天天死缠烂打烦不烦啊？

他没你那么唠叨啊！他就只是看看，拿他当空气呗，当影子也行！

那……他到底想干什么？看你长没长三头六臂？还是看你是不是蹲着撒尿站着拉屎？做人形怪兽也不容易，都没个秘密什么的，还得有机械臂、不怕打、心理素质还得好！啧啧，佩服佩服！

唠叨着，马来仔咚咚咚跑去拿条大毛巾来帮他擦着汗。

喂喂，人形怪兽，你的狼人影子还在……

在哪？

门口落地窗下，我×，影子还会偷窥呐？拳王成了偷窥王！

随他去吧!

嘭……小童一拳打得大沙包悬空摇荡着,转身走向休息室。

随他去吧? 好诶! 老子现在去擦玻璃,泼他一身脏水……

马来仔又咚咚咚跑去弄水了。

这一次,新兆不知从哪扒到小童曾在京都搏击会做过人体沙包,而且,他还拿到了小童当时的合同。

见小童不作声,他呼地蹿到对面,抬手推住沙包,瞪着充血的眼睛逼视着小童。

两个人对视着,就像拳手上场前那充满火药气的三十秒对视。小童讨厌他那带刺芒的充血狼眼,但是他挺着。对视着。

你……做过人体沙包,还签了生死协议对不对?

小童心里一紧。

关你什么事?

关不关得看我想不想,我很想知道你是怎么从人体沙包出来的? 嗯?

知道又怎样?

知道你怎么出来的我就能让你怎么回去,还是那句话,得看我想不想。

你到底想怎样? 我不懂!

小童想避开这个话题。

好,你不懂,我的拳头懂,你可以回避问题,不能回避它……

他冲小童晃晃拳头。

我们打一场,不戴套子赤拳打,看我能不能敲碎你这副铜皮铁骨木头架子,你敢吗?

小童松了口气，这家伙无非是想报被我累吐血之仇。

好，来吧！

小童的冷静激怒了他。新兆咆哮起来。

不是在这，你想的美，他 × 的，去人多的地方打，哪里人多就去哪里打，去闹市区打，去新干线上打，去广场打，去东京塔尖上面打，去跨海大桥上打……哪里人多就在哪里打，我要让所有的人看到，看我怎么敲碎你这副铜皮铁骨木头架子，你敢吗？啊？呃……

小童知道他又嗑药致幻了，好几次都这样。不过他一想到人山人海围观他们两人大打出手就头晕目眩，他讨厌那感觉。

打架吗？你想当街头拳霸？打拳老子不行，打架从来没怕过……

小童嘴上从不示弱，两人从大沙包两头吵到头顶头，越吵越凶。

干什么？打架？哪里打架？躲开躲开……看看哪里打架……

马来仔和大个子挥起拖把乱抢一气，装傻胡闹着分开两人，鸣哥也跑过来跟着嚷嚷……

新兆气得冲马来仔大喊：滚开，别用拖把指着我的头！滚开滚开！

大家一闹，新兆有点清醒了，山姆拉着他就走，被小童一声叫住。

哎！等等……

新兆像被定在了原地，他慢慢转过身，眼一花心一颤。噢，该死！他用力晃晃头。到底是人是幻？中国少年又冲出那个大水球向自己走来了，还是双眼如电发如风，他在心里发疯地嘶喊着：别过来，快滚开！别过来，快滚开！

小童走到近前，抬眼看着新兆。

拳王，这么一闹就走，不爽吧？

你想怎么样？

听说你喜欢漂移，不如我们去小高地，来个漂移跑酷大飙！你敢不敢？

……

小童一侧身，帅酷地走了，把新兆他们傻傻地搁在那。

小高地在半坡附近，地势更加高低错落层层叠叠，环山的小公路九曲十弯幽静通畅。这里依山盘落着某种年代的民居店铺，看上去神秘但不破败，是漂移族的嗨呸圣地。

新兆斜靠在他那辆改装过的老款三菱轿跑上甩着溜溜球，他心不在焉地甩着，一边皱眉盯着低处的盘山小道琢磨着：该死的让人头痛的木头人，难道，橘子里的一幕是要幻境成真吗？那个在大水球里上蹿下跳飞奔而行的坏家伙要跟我来一场人车大飙吗？他 × 的……两条腿飙四个轱辘你疯了吗？可是，就算是四个轱辘赢了也不光彩啊！啊……呸！他往草坪里狠狠地吐了口黏痰，接着想：而且，要是再输了……噢！该死的人幻难分的木头人！嗷嗷……他 × 的你是老子的心理阴影吗？这感觉是不是很崩溃？

新兆切断了浮想，觉得自己快疯了，如果让他知道小童一直在仓井那个大水箱里练抗阻力拳，不知道他会疯成什么样。

鸣哥把面包车停在三菱轿跑后边，马来仔屁颠屁颠先跳出来了，他手拎一个巨夸张的粉红色大望远镜，对着新兆一通乱晃：嗬嗬嗬……人形怪兽大战狼人轱辘……过瘾刺激又嗨呸，早知道这么有感，叫上媒体好了，发出去火爆啦！呦嗬……拳王的酷跑改的够嗨，轱辘也太大了吧……

下了车，小童直奔新兆。

我知道你很能跑……

我知道你很能漂……

两人一张嘴，节奏已经开飚了。

看到下边的开阔地了吗？我让你三十秒，跑不到……就跟我打一场，规则我定！

让我三十秒？给自己留个输的借口？那多不刺激呀！不如让我上你的车，看你漂得了！

木头人，你真是作死……

计时吧！我的腿，抖得像发动机，再不跑憋坏了……

新兆摔上车门，把油门踹得狼烟急窜。小童站在那等着，连地势都不看。没有人知道，他早把这片小高地酷跑得烂熟于心了。

嗡……嗡嗡……轰轰轰……猛的一下，新兆飞速射出去。

人形怪兽……飞过去……飞过狼人轱辘……飞过他……加油啊！

马来仔叽里呱啦举着望远镜乱晃，烟雾中，早没了小童的身影。

这边，新兆急速开漂，每过一个弯道漂点都轰出一片黑烟。小童就没跟着，他越过几片杂草木栅，直奔一条又长又陡的蜿蜒石阶，上下高低跳跃着向山下冲去……

经过几个惊险的漂点后，新兆开进一段地势平缓的小路，有些小小的建筑物围立在两侧高处，他斜瞄一眼后视镜，嘴角露出窃笑。哼哼，根本没有木头人的影子嘛！可是呢，这只是他看到的假象哦！就在他的车子刚甩过房屋的空当，小童像个飞人般快闪而过，几乎和三菱轿跑平行，那一幢幢小木屋都听得到他那嗖嗖的飞掠疾风！只是新兆没发现也没想到这个真相而已。

小童冲进一条狭窄的通道时被一辆送酒的小货车挡住了去路，旁边是个带小院落的居酒屋，他飞身踏了一脚围栏木柱，伸手搭住货车箱体，从一车酒箱子上翻飞而过。搬酒的伙计一愣神儿，讷讷地嘟囔着：老板，好像有个东西飞过去了……老板探头看看道口那边，喃喃着：傻瓜……是个人呢！伙计回回神：老板真是眼神不行啦！明明是个东西非要说成人，人怎么能飞过去呢？嘿嘿嘿……老板回瞪了伙计：×的！夸我终于老了是吗？伙计一低头讷讷笑道：不敢！是说老板不仅是终于老了，还比年轻时多了想象力呐……嗬嗬嗬嗬……哎呦！

小童起伏跳跃翻飞着直冲到距离开阔地五十米处，轰轰轰……人车终于在此处重合，新兆用错愕的眼神看着他，两个人甩开最后的狂飙……

嘎——一长声，三菱轿跑急刹停住。

伴着那一声嘎——，小童冲过去十几米才停下来。

新兆手攥方向盘呼哧呼哧喘粗气，好像比小童还累。他不想下车，这都赢不了还下去干吗呢？跟他说什么？说我没想到你真是那个大水球里的中国男孩？还是说你干吗不去玩跑酷非得打拳击来跟我捣乱？他沮丧地摇摇头擦了一把脑门上的汗珠子。

小童走过来敲敲车窗。

怎么？没飙够？还是想再漂回去？

你是怎么做到的？你到底是怎么做到的？

新兆无力的喃喃问道。

你……就不会问点别的吗？什么下冲角度、悬跳高度、翻转扭度之类的技术性问题？

盯着小童，新兆眼睛又充血了，他现在只要是用心盯着小童看五秒，不多不少就五秒，眼睛一定会充血！他砸了一把方向盘。

他 × 的，老子就想知道，你都是怎么做到这些的？

简单啊！就每天跑、不停地跑，跑十年跑二十年，你就跑酷啦！

废话!

像你一样,漂移五年攀岩十年就成了拳王!不是吗?

什么?你怎么知道我漂移五年攀岩十年就……你怎么知道的?

小童吐吐舌头,心想都是你那个怪老爸,不是用那个变态大水箱折磨我就是跟我唠叨你那点变态经历……他差点没说溜口了。

好了,我得去招呼一声,省得他们乱嗨呸……

哎!等等……

又要问什么?

等我解禁了,我们打一场争霸战,十二回合之内 KO 不了你算我输!

小童斜了他一眼,一溜风地跑了,他举起右手,竖竖中指……

那个对抗视频就像猛烈的病毒,急速蔓延开了。

听到电视上的新闻播报,鸣哥扔下手里的活儿冲进休息室,就看到了新兆和小童的打斗……

真给播了?这下排名赛有好戏看了,拳馆要出大事件喽!

鸣哥瞪着眼睛,呆住在那儿。

哇!哇哇哇噻!人形怪兽上电视啦……哇哇哇噻!就说他会名声大噪啦!哇噻!我这个助理是当定了啦……把他三十分钟打梨球播出去就更火啦!

这些媒体起名字也不来拜拜老子,什么拳击超人嘛?人形怪兽好不好?正常人不停打三十分钟梨球胳膊早飞啦!有点想象力好不好?马力强劲的人形怪兽大战狼人新兆才更邪乎有趣嘛!笨蛋,这些媒体都用屁股思考吗?

马来仔扛着拖把,在休息室门口盯住电视叽里呱啦鸡鸭不搭地喊开了,大个子冲过来搂住他的小肩膀跟着起哄。

呃嗬嗬，拳击超人？不得了喽！比现场看着还过瘾呢！挨打还那么酷？哇噻好帅呦！这名字也够帅！你看你看，狼人新兆像个食人兽，只是进攻凶猛而已啦！拳击超人打起来连头发都很飘……飘……飘什么来着？

什么拳击超人吗？人形怪兽好不好？笨蛋！能不用屁股思考吗？

马来仔拧头盯着大个子叽叽歪歪起来。

你个马来小崽子，你才用屁股呢……

我他 × 拿拖把抽你屁股……

我抽你屁股……

噼噼啪啪——噼噼啪啪——噗噗窟！

——呃！你个马来……小崽子！

京都体育频道在机场、车站、广场以及数不清的各类运动场所拥有数不清的 LED 终端系统，每天不停地播出全球体育新闻和各类资讯。为了提高收视率和广告赢利，他们对体育名人和运动明星们极尽挖墙脚扒隐私秀八卦之类事。像新兆这样的话题人物本来就是他们的定时炸弹，会随时引发爆棚式的轰动效应，更何况这次的事件发酵还是在峻先生的授意下。于是，这段意外的对抗视频以突发性新闻形式全面滚动播出了……跟着，各类体育、娱乐、八卦大小媒体群起轰炸，再加上无孔不入的网络传播，不出一天，其曝光率和轰动性双双冲顶。对于那些新兆的狼崽而言，这绝对是黑暗的一天，因为在他们眼里，新兆是不可战胜的，几乎就是神的定义。更多的声音都在议论打听追问那个无名拳手到底是谁又有何背景，人们都对这个中国小子产生了强烈的好奇心理，有些赌拳的人甚至开始预测他们在未来的争霸战中该压谁输谁赢……

一切都像峻先生预期的那样，人们都把小童当成了新兆的有趣的对手，都想看他们如何缠斗下去，直到巅峰。

看到新闻的时候，魔兽正在换衣服，他完全惊呆了。

男孩，是那个男孩……

半晌，他才从嘴里发出嘶哑的嘀咕。

嗨，你们快来看看，真是那个中国小男孩……

他像发现新纪元似的冲外面几个正在热身的拳手大喊大叫着。

大家围过来看了一会儿，七嘴八舌议论起来，魔兽张开大嘴巴又冲他们一通乱喷。

魔兽：发生了什么？怎么回事？拳王是不是刚刚嗑了药，被中国小男孩玩得这么惨？要这样老子也是拳王！哎哎哎…难道你们忘了吗？那个男孩被我打得有多惨？你记得吗？有多惨？你说？要不是他消失的跟屁一样，我会拧断他的头砸烂他的好看脸蛋送他三百雷霆锤啊哈……

可是…… 也说不定啊！ 说不定那个男孩真的很厉害啊！ 说不定啊！

拳手中有人诺诺地说。

新兆在自己的训练馆里接了橘子打来的电话。

橘子：看新闻了吗？

新兆：什么新闻？

橘子：你的，跟那个拳击超人。

新兆：我的？拳击超人？

橘子：我说不清，你快去看看吧，到处在播……

新兆一脸疑惑地挂掉电话冲向休息室，几个工作人员和教练都挤在电视前，新兆喊了声躲开就看到了自己，其他人赶紧散去，只有山姆陪着他，新兆的表情渐渐扭曲了，画面内容是他极度崩溃时的杂乱进攻，直到最后吐血倒地的过程，配合如下新闻通稿：

"近日，京都体育频道记者经过全程跟踪，拍摄到卫冕拳王新兆的一场罕见对抗赛，这位职业拳王从上次的争霸战违规停赛到吸毒打人风波，可谓麻烦不断，这一次更是爆出意外热点，他被一名中国的拳手打得吐血倒地不起，打败他的中国拳手引起大众关注议论，并被媒体冠以拳击超人的称号……"

新兆气得难以自持，狠狠地道：起诉他们……

新兆和经纪人简先生对桌而坐。

新兆：他 × 的……能不能以俱乐部的名义起诉？

简先生：不行，你这又不是俱乐部安排的，纯属个人行为，说得难听点，你这次就是没事找事……

新兆：那就以个人名义，这根本不是他 × 的什么对抗赛，他们这样做，是对我的严重侵犯和诋毁……

简先生气呼呼地打断他说道：一个拳王，跟一个新人小子斗气不说，还被人家玩成那样……你这次真糗大了。

新兆：明明是那个小子不正常嘛！

简先生：你跟我说有用吗？大家只会质疑你的实力，现在的问题不是起诉谁，是想办法挽回影响。

新兆：我去找他，让他跟媒体说明情况。

简先生：说明什么？说你根本打不到他？还是说你的重拳打到他也没事？

新兆：那我干脆去找他暴打一顿，然后让媒体去曝光。

简先生：那不又要打架吗？不够乱是不是？最近给你擦屁股的事还少吗？

新兆：那怎么办？现在？

简先生：召开媒体说明会，你自己爆个态度，至少别让拳迷对你失望。然后，在媒体面前向他宣战……

助教托尼在一边插了一句：可现在，他是禁赛期啊！

简先生：就是造声势，不一定真打，再不表态，那小子的气势都快压倒你了，这可不是他 × 的什么好事，好了，我去准备，接着给你擦屁股。

新兆越想越气，他嗵地砸了桌子一拳，恨恨说道：拳击超人，踩着我上位，这小子到底什么来路啊？媒体为什么这样对他？

蓝色在弥漫，空间渐渐被迷雾笼罩起来。随着光的流动，视觉中映现出十几个舞者的扭曲身形，他们戴着一样的面具，眼睛如黑洞般默然……

小剧场的舞台上，舞者们正在排演

着一场名为"乌有"的学院音乐剧。橘子坐在后台的角落里，拿出自己的小笔记本电脑，又打开那个视频看了起来。她已经完全没有心思去管彩排的事了。她抽着烟，流着眼泪，一遍遍地看着那个视频……

每次新兆来接橘子，都是把车停在剧场的正门进口处。偶尔地，他会转到侧门这边的一间小小的烟店买烟，只是偶尔。

新兆打开刚买的烟，点上一根，深吸入肺。他不经意地一瞥，就看到了斜对面停着一辆惹眼的越野式摩托车，新兆认得这车，那是本田最新款的专业级山地赛车，样子帅极了。

一边吐着烟，一边看着车，新兆脑子里闪过一个念头：车主应该是个帅酷的赛车手吧！

他这么想着，烟灰还没落地，一个又帅又酷的高大车手从剧场侧门走出来，后面还跟着一个漂亮的女孩……橘子！新兆确认了一下真实性，对！就是橘子没错，稍一恍惚，两人已经说笑着非常熟练地跨上摩托，朝自己的相反方向开走了……

新兆吐掉了嘴里的烟，转身冲向自己的汽车，他大概辨了辨方向，从剧场正门的主街开进一条窄巷，直穿过两个没有信号灯的小路口，再拐上一条不长的引桥，终于看到了那辆摩托车……他们的速度很快，都快接近飙车时速了，幸好不在高峰时段，新兆费了好大劲才能跟住他们，中途甚至有几次危险超车。他眼里冒火，嘴上气骂着：他 × 的，不知死的东西……

要知道新兆被新闻事件弄得一团糟，现在可是正在火头上，两人若真被他追到，发生什么都是有可能的。

他们跨过了两座大桥。

一大群人围成几层人墙聚集在阿小的住处门外，小道上停满了各式摩托车。

阿小和小童一出来就被这阵势吓坏了，两人完全不清楚状况，长枪短炮已经压向他们，有人不停地喊着拳击超人……拳击超人……咔咔咔一通抢拍，生怕这两个人在空气中消失。

拳击超人…… 拳击超人……你打过职业拳赛吗？有战绩吗？为什么狼人新兆打不倒你？你会跟拳王打争霸战吗？你的教练是中国人还是美国人？拳击超人……拳击超人……你的战袍什么颜色？你有吸毒史吗？说说你的性取向好吗？你有纹身吗？纹了女人头像还是男人名字？在什么位置？前胸？后背？手臂还是大腿？……拳击超人……

问什么的都有！看来，他们关注的只是小童这个人，并不是某个事件的具体情况。小童被弄晕了，左躲右闪怎么也突破不了，他觉得厌烦，甚至有几分恐惧，他低头抬手躲避着那些镜头……是躲避着那些人！可是那聒噪的声音，陡然放大了一百倍，嗡隆隆地如飞机引擎，轰得小童头晕耳鸣眼冒金星！阿小拉起他往前跑，所有人都跟着他们跑，路口又涌进第二拨人墙。他们只好退回门口，阿小大喊着：让开让开，我们赶时间，请你们让开……

如此折腾了几个来回，见突围无望，阿小奋力挤出人墙，冲撞到门内骑上摩托又冲撞了回来，他把喇叭按得嘀嘀响，记者们不得不让开路，小童几乎是钻爬出人墙跨上了摩托，有人大喊：快上车，他们走了，快跟上……

他们左冲右突摇晃着冲到路口，那些人有的骑摩托有的开车尾随其后，还有人干脆跑着追赶起来，一场奇怪的围堵和追逐把这条安静的小街瞬间闹腾得天翻地覆……

过了两条街，小童回头看看，还有大小车辆咬住他们不放，有的试图超过并截住他们。

小哥，他们还跟着呢……这样很危险啊……

看我的吧……咱这车技可不是盖的……

他们到底要干吗？

不知道……

小哥……这比赛我不想打了……

你说什么？

这比赛我不打了！

阿小差一点把摩托骑翻了，他左右摇晃着拐进了一条长长的窄巷里。从高处俯瞰，这条巷子就像一道深深的裂纹。

你疯了吗？这时候退赛……这次机会难得你知道吗？你疯了还是傻了？啊？

我就是不想打了！

你必须打啊！

不打了！

必须打！

突突突突……摩托车停在了裂纹深处。

我说不打就不打！本来就没准备好，又来了这么多媒体，莫名其妙，好像是谁布局让我们进去，现在去打那该死的比赛才算傻瓜……

下了摩托车，小童站在墙边冲阿小大喊着。一阵莫名的恐惧在心里某个暗处横冲直撞，化作怨气，自己也没有弄清准确原因。

傻瓜……你不打才是傻瓜！这么快就能冲排名，你知道我跟鸣哥费了多大劲才拿下这机会？啊？你个混蛋？

阿小把摩托车就地放倒，一把将小童推靠在墙上。

你说退就退不是傻瓜也是混蛋，你把我们当猴耍吗？陪你玩吗？啊？

我没有耍谁，也没逼着你陪我玩！鬼知道你说的机会到底能上排名还是会送命？反正上台的又不是你，我在台上挨了多少打？心里又有多怕？你知道吗？啊？

我不知道你有多怕！我就知道你进不了排名就上不了垫场赛，也打不了挑战赛更别说他 × 的拳王争霸战！怕你就不打？还是比你弱的就打比你强的就怕？你真当小混混打架啊？那我们还玩什么？你说……你说啊……

咣咣咣……阿小气得直踹摩托车后轮。

不靠拳技赢比赛，打什么战都没用！我现在的状态，根本就不该上拳台呀……

啊……啊啊……

小童靠着墙弯着腰沮丧发疯地咆哮，看他的眼神，几乎可以肯定，那怨气不是冲阿小来的。他想告诉阿小，我不是冲你小哥的，这股子莫名怨气全怪我，我过不了自己这一关，我无能，你换个拳手带吧，放过我吧，我才不想因为这狗日的拳击丢掉性命，什么排名赛垫场赛挑战赛，叫他们通通去见鬼吧……我只想躲在仓井那个变态的大水箱里虐练，直到自己恢复正常……出来再战不迟嘛……可是，从他嘴里咆哮而出的却是……

你他 × 就知道逼我！打什么见鬼的排名赛垫场赛挑战赛……你这么想拿我赚钱，我们去打黑拳啊！老子才他 × 不怕，走啊！去打啊！去打黑拳啊！好，我知道你就想打职业赛，你只想赚大钱，那现在就闭嘴！闭嘴！等我体能……

够了！又是你那点屁事，你不说我不说他 × 的还有谁知道？

我自己知道！这就足够了！够了！

你这个……你这个固执的混蛋……

嘭……

阿小用满了气力一拳打在小童的脸上，这拳够狠，小童扑通撂倒在地。他觉得天一暗，眼前变得模糊起来。

轰轰轰轰……嗡嗡嗡……摩托车窜着气愤的黑烟离开了裂纹深处。

5
不期
而战

新兆跟着那辆摩托车进了虹馆的停车场，他们停好车后急匆匆地奔向赛场通道。新兆曾经在这里打过比赛，对虹馆的布局十分熟悉，他怒气冲冲地穿过两条小廊道，就在入场口前面截住了两人。

猛然看到新兆，橘子面露惊喜，可是，没有任何话语，新兆就上前一拳撂倒了那个高大的帅车手，橘子赶紧挡住新兆，怕他接着动粗，她一边拉开他一边解释道：你冷静一下，听我说听我说……那个中国拳手要比赛……我们来打听消息……他的哥哥是记者……在这里报道……

橘子急得语无伦次，帅车手当然也认得新兆，他抹了一把嘴角的血，站起来沮丧地看着他，不知怎样才好。

新兆不想听什么解释，尤其是听到记者就更烦了，他指着帅车手喊道：他是谁？

橘子：他是舞队的……是来帮我们的，他哥哥在这里报道赛事……

新兆：他 × 的，老子最恨那些记者……

正吵嚷着，几个要进场的记者忽然发现了新兆，他们立即围了过来，有人喊道：是拳王哎，拳王又打人了，快看看又发生了什么事……

新兆气得推开橘子转身就走，那个帅车手忽然冲着他的背影喊道：

等等，你还没有道歉……

新兆头也不回地走了。

阿小急匆匆地进了候场区，直奔鸣哥他们的休息室。

鸣哥：喂喂，拳击超人呢？

阿小：什么拳击超人？刚刚很多记者围堵我们，都这么喊……

鸣哥：哈哈，现在发动机成名人了你还不知道？满世界都是他把拳王打吐血的新闻。

阿小：哼哼！那是个意外……我……不知该怎么跟你说！

他语气沉沉地无力坐下，垂头搓手。

大个子没懂状况，闪到门口张望，马来仔跟在身后两边晃着看，怀里紧抱着给小童备好的战袍，上面刺着中国的巨龙图腾。

唉唉！听我说，有没有这样一种可能……人形怪兽跟随小哥进了虹馆，他猛一抬头眉头紧蹙盯住现场大屏幕，因为那个对手小野正在拳台上卖弄拳技辱骂中国拳手。人形怪兽突然发飙，嗖地飞身冲进屏幕，咔嚓带着电流从天而降大神一般站在对手面前，他轮起发条手臂暴风骤雨般狂扁那个倒霉的小野！就在这时，我跟你我们俩冲入赛场，然后……然后我骑你头上绕场一周挥舞巨龙战袍庆祝胜利，然后全场一片沸腾！然后所有媒体都来抢拍人形怪兽和他的巨龙战袍以及……我和你！然后……所有人都知道我马来仔终于上了职业拳击赛嗝嗝嗝嗝……

噗噗……大个子连踢了马来仔屁股。

闭了你的臭嘴！马来的小崽子。

……

这边鸣哥已经急了。

说啊？到底怎么了？发动机呢？

他不打了……退赛吧！

什么？为什么？

他说他怕，我也没办法，总不能我替他上台！

什么叫你也没办法？现在退赛你他×叫我上黑名单吗？

鸣哥大发雷霆。

你今天绑也把他给我绑来！拳馆为了这场排名赛付出多少代价用我说吗？再说，过了这个排名就能进挑战赛了，这他×什么速度？火箭速度！一个怕字就给我们全撂了……怕还打什么职业拳击？去做鸭好了！

鸣哥，你别生气，也许他有什么难言之处。拳馆的损失我来补，也可能是我太急了，想靠他翻身！我……已经没什么退路了……

说着，阿小沮丧地把头埋进双手里。

你来补？你拿什么补？给我打一辈子工？我他×都不知道这怂蛋拳馆还能挺几天，再没个出战绩的，改鸭店算了！瞧你带的人，就他×没一次准的！再说你，把时间精力全压他身上了，自己弄得山穷水尽还费尽心机找仓井搞什么水下训练……他是块料在咱们拳馆也能出好战绩，他不行你不走寻常路也是死路！

鸣哥放完了炮，气消了大半，走过来拍拍阿小肩膀。

他会来！

马来仔抱着巨龙战袍站在三米远处当啷来了一句。

滚开你个废柴！

鸣哥低吼着看也没看他。

人形怪兽一定会来的！

106

马来仔坚定地站在那里，像个抱着博士服的学霸直视着面前的俩学渣，眼睛里是两汪自信。

他会来……我说了！

新兆走了也就半小时就被橘子叫回来了，说有急事。

回到虹馆，橘子和帅车手还有他的哥哥已经坐在休闲区的小包厢里等他了。脸上带着一块红肿的帅车手不情愿地和哥哥站起来，橘子又为大家做了介绍，看着这哥俩儿新兆有些错愕，一高一矮，一瘦一肥，一帅一呆，站在一起令人喜忧参半！这他 × 是哥俩儿吗？新兆摇摇头想着。

新兆：你们是兄弟？

肥仔：是，是是，绝对孪生兄弟……哈哈，我、我大五分……就大五分钟。他……长得太快，嘿嘿！

能跟新兆面对面，肥仔兴奋难掩紧张。新兆呆顿了足有五秒，还孪生兄弟？怎么也想不出他们的父母该长什么样！

肥仔：你们的视频一出来，我们就开始扒底了，扒那个中国拳手。我们小报虽说不大，但是眼线多，手段更多……嘿嘿，我们是出了名的快准狠，再深的底都扒得到，尤其是拳手。弟弟说要了解这件事，你们算是找对人了呵呵……

肥仔瞪着小眼睛盯着新兆不停地说着，生怕新兆不信他或低看他。新兆深盯着肥仔的一脑门抬头纹，心想这混蛋应该也没少扒自己的底。

新兆：说吧，你都扒出什么了？

肥仔：我可以负责地跟你讲，他不是一个正常的拳击手……他甚至……都不是一个正常的人！

看到新兆困惑，肥仔故作神秘地压低声音。

肥仔：他是个失痛者！是个木头人……嘿嘿嘿……

新兆：你怎么知道的？

肥仔：有我们不知道的嘛！我们扒到一家医院，就在你们那场对抗赛之后……

新兆：胡说八道，那不是比赛。

肥仔：对对，不是比赛，你们打斗前，他去过那家医院。反正我们了解了真相，这事往大说就是欺诈，联盟都能给定个假拳事件！不过呢，在他这次比赛前，我们先按住不爆……过后，这分量不是更重吗？过后……啊哈，呵呵呵……反正猛料在我们手里，我们爆了，就火一把，我们不爆呢……也能卖个好价对不对？哈哈！

新兆其实最痛恨这种小报记者了。他甚至想一拳把他打回娘胎……考虑到目前得先弄清自己的处境然后去见峻先生，他咽咽口水，忍了！

新兆起身告辞，肥仔嗖地挡在右前，比谁都快。

肥仔：拳王，以后咱们搞互通，你那边的新鲜料，一定先给我爆一个呵呵！

话音未落，帅车手呼地挡住左前，贴得更近。

帅车手：拳王，你还没有道歉……

看着哥俩儿，新兆觉得自己快分裂了，他点点头算是道歉，心想这都是哪门子怪胎呀？

峻先生在喂鳄鱼，新兆很纳闷，为什么自己一来他就在那喂鳄鱼呢？我不来鳄鱼就不饿吗？难道？

像每次一样，他坐在一边把近来发生的事以及自己的所思所想淡淡地说一会儿，只是略去了橘子的一节。

你跟我说的事还有他今天比赛的事……我都知道的！

喂完了也听完了，峻先生坐回案台品着茶，慢条斯理地对新兆说道。

而且，你和他的对抗视频，也是我让传的，果然不同凡响啊！

先生……我不懂……

新兆低声道。

呵呵呵……你不懂就对了！你跟我，好比士兵和将军，为什么一个将军能指挥一万个士兵？嗯？

因为士兵……必须完成使命！

哼哼，你错了，因为士兵根本看不到面前的生死！否则，就成了一万个将军指挥一个士兵，那还怎么打仗啊！

峻先生从案上的檀木盒中取出一支雪茄，用手慢慢地捋着，不点，眼神像凝视璞玉。

你在我的名下拿到几条腰带了？

三条！先生！

新兆露出感激的神情，他望着峻先生，眼中闪烁着温驯的浑浊。当初……没那么远的一个明媚下午，也是在这个房间，一个敦厚温和的绅士用饱经世态的深邃目光望着对面那个不知江湖险恶的放浪少年，那眼神，洞悉毫厘，令时空凝固。少年从不安到不觉再从不安到不觉……绅士像攥着画笔的作者紧盯住眼前肆意形骸的抽象画，直到对少年所有的预见都在他的目光里遇见了，只差那令人魂飞的落笔！当……报时钟打破了死寂，少年浑身一颤，惊觉一瞥，一道狼的电光带着凶猛的刺芒划破时空直击绅士那深渊般的心底！

终于，绅士虚脱地闭起眼睛，满足地喃喃自语……

你……就是拳王！

那个下午，飘出那个房间，新兆就觉着自己的身上有光，却一直找不到光源。

峻先生把深邃的目光从雪茄上移开，轻轻扫了新兆一眼。

所以嘛，拿了金腰带你就是王，背后的故事对你有意义吗？你的荣耀是你在台上一拳一拳打出来的，这是有目共睹的，至于为什么是你赢……没人关心！因为你已经是王了。人们只想看到接下来王的成败……所以……接下来……

我懂了先生，接下来我该怎么做？

接下来的事，我已经安排联盟介入，穷途末路的时候，他和你就会牢固地拴在一起，好像一条铁链上的两头野兽，彼此嘶吼着，撩拨着人们的兽性！

峻先生嗞嗞点燃了手里的雪茄。

而你……就是要不停地给对手施压，巅峰之战赢于慢！记住，当你成为对手的心理阴影时，你已经赢了！

赢了？该死！木头人……不，中国少年又从大水球里向他走来！这算心理阴影吗？像他每次盯着小童看五秒钟就会眼睛充血一样。

在那道裂纹深处，巨蟹少年逃避了一会儿，小小的！

摩托马达声气嘟嘟地远去了，小童扭扭头，觉得天地还在旋转，就接着躺倒在旁边的小片杂草上了。

小哥……刚才为什么不接着打呢？打得再凶再狠一点？把我的知觉打醒！你把我的知觉打醒，才能把我拉出深渊啊！这深渊如同恐惧的恶魔裹挟撕扯着我，都快忘记了它的源头，更看不到尽头……可是，忘记了源头也不去想尽头就行了吗？这恐惧的恶魔如同蚁群永不倦怠地吞噬着自己的能量、意志和精神啊！像眼前这与杂草相连的藤蔓，肆意地疯长，遮蔽了高墙蔓延于天地……哦，可恶的杂草，真像那些可怕的人群，那些令人聒噪不绝于耳的人们，他们喋喋不休地围堵我和小哥的情景，像是一场不知所云的狂欢，而陷落在杂草阵里的我们，如同两只断翅的绝望蜜蜂，错愕得都忘记了自己身上有刺，在纵横交错的缝隙间爬来爬去……

小童喜欢狂欢……十二岁以前！

玫瑰色的云端把那片小小的港湾渲染得奇异多彩。父亲的大渔船刚一停泊，小童和伙伴们便撒欢儿般地向船坞奔去。渔夫们开舱卸鱼时，孩子们已经抱着足有自己半截身高的大鱼在沙滩边呼喊追逐起来……他们折腾累了，就去帮忙燃火。海风中，几架木炭，一个个红红的小脸蛋鼓着腮帮子拼命吹气……火一燃，欢呼雀跃此起彼伏飘出去老远！天色只留一抹暗红了，影影绰绰，村里百十号人也差不多聚齐在沙滩上了，女人忙着烤鱼弄酒，渔夫们吃着烤鱼喝着水酒讲着荤笑话……卖烟花人家的小孩兜着满满一布袋各色花炮悄悄地招呼小童，伙伴们呼啦围住，顷刻之间又鸟兽而散……几乎是紧接着，炭火中、脚底下、人堆里噼啪爆豆烟花飞溅，人们笑骂着、跳动着、追逐嬉闹着，有些烟花蹿得极高，火树银花般燃亮了夜空，把海面闪耀得绚烂迷离。烟花明灭中，踏着渔光火影，渔夫们红着脸膛勾肩搭背地挥杯纵酒倚浪而歌……

小童忽地坐起来，把可恶的杂草压在了屁股下面。

那是我的天堂！

他向上张了张眼睛，世界上最美的狂欢无声地定格在了闪亮的瞳孔里。

　　小童讨厌狂欢……十二岁以后！

　　那艘大渔船被驳回来了，是一堆破碎的骨架。灰蒙蒙的午后，大拖船在港湾口还没停泊好，小童已经发疯地冲了上去。一些渔民开始拆解船的废墟，小童就在这废墟里不停地翻腾着，手脚被扎得血肉模糊，浑身上下挂满了残屑，任谁如何劝阻，他就是一声不吭没知觉似的拼命翻腾着，直到虚脱倒地。他看到废墟上到处都有父亲的身影，桅杆下，撕裂的帆，烂成一堆的机台和破碎的舵把……多少次他骑在舵把上跟父亲看海上日出和壮观的飞鱼群！遇到险浪时父亲会唱歌，那是小童从未听过的调子，平静而苍凉，像是与风浪和声低语的交谈，又像是为自己说着一些遥远的故事……小童靠在舱中一隅，瞪着好奇的大眼睛，望着父亲的背影，聆听着那些大地群山溪流般的故事，直到风平浪静时，还在这舱中娓娓道来……他赶他们走，他希望那些渔民慢些清理这废墟或者干脆停下，那是他最后的精神领地，有他从小到大全部的知觉！

　　废墟没了，带走了小童的知觉。

　　一夜间，他从一个男孩变成了男人！一个十二岁的男人！

　　相当长一段时间，他不怎么跟人讲话，甚至怕见人，整天目光呆滞地躲在角落里看父亲留给他的那本《老人与海》。看得烦看得累也看，不知看了多少遍，除此再无其他事可做。遇到人多的场合，他会心生恐惧，神色不安地想法逃避。

　　新年的时候，他一个人游到附近的荒岛上，说是去看流星雨，其实就是要躲开海边烟花灿烂的狂欢，没有父亲的狂欢，是令他讨厌而又恐惧的狂欢。

那，问题来了！

此时此刻，自己坐在这么个窄巷里发呆又算什么呢？临阵逃脱又为什么呢？是刚刚那场惊悸唤醒了自己无知觉没尽头的恐惧？还是怕自己的异能被多事者大白于天下？我在怕什么？他知道身体的失痛在自己的心里戳了个无底洞，可那到底意味着什么？怕对手还是怕自己？进攻时脚踏薄冰，挨揍时跌进暗黑，天呐！这岂不是漩涡？深渊一般的漩涡？毫无疑问，它会裹挟着自己坠入地狱的……小童想让思绪化作利刃，穿透皮肉直抵黑洞，借着那锋芒为自己寻得出口照亮方向——自觉的正确的方向！

一阵风吹进窄巷，抬头看天，裂纹的尽头云象万千！哦……低头无路可走，何不仰首自由的天空！此刻，小童忽然想念起那个把自己折磨得死去活来的变态大水箱来，自己已经像条鱼似的能在水里边悠然待上半小时了，打弧线阻力拳时，拳锋破水冲流肆意奔腾感觉巨爽的……哦，让自由的灵魂起舞吧！小哥是这么说的。不走寻常路才有出路，他费尽心思才带我走到今天，可是……现在……接下来……小童脑袋一颤呼地起身，豁然的灵犀闪动，自觉那暗黑漩涡咔嚓一声闭合。眼前立现一道大门，高耸云端，透射光芒，把自己的影子斜射在高墙上，他挥拳，那影子竟然不为所动！嗯哼，发条少年转身跨步，飞一样没知觉似的狂奔出裂纹窄巷，丢下了那个长长扁扁奇奇怪怪的阴影！

迷乱飞扬，虹馆里座无虚位，场上已经开战了。阿小和鸣哥围在电视屏幕前，看着场上同步赛程不停地议论着。刚刚小童全身透湿地冲进候场区时，他们只是对视了一眼，那种默契感像是在说：看，说了他会来！马来仔激动地扔掉战袍噔噔几步蹿进小童怀里大叫着：人形

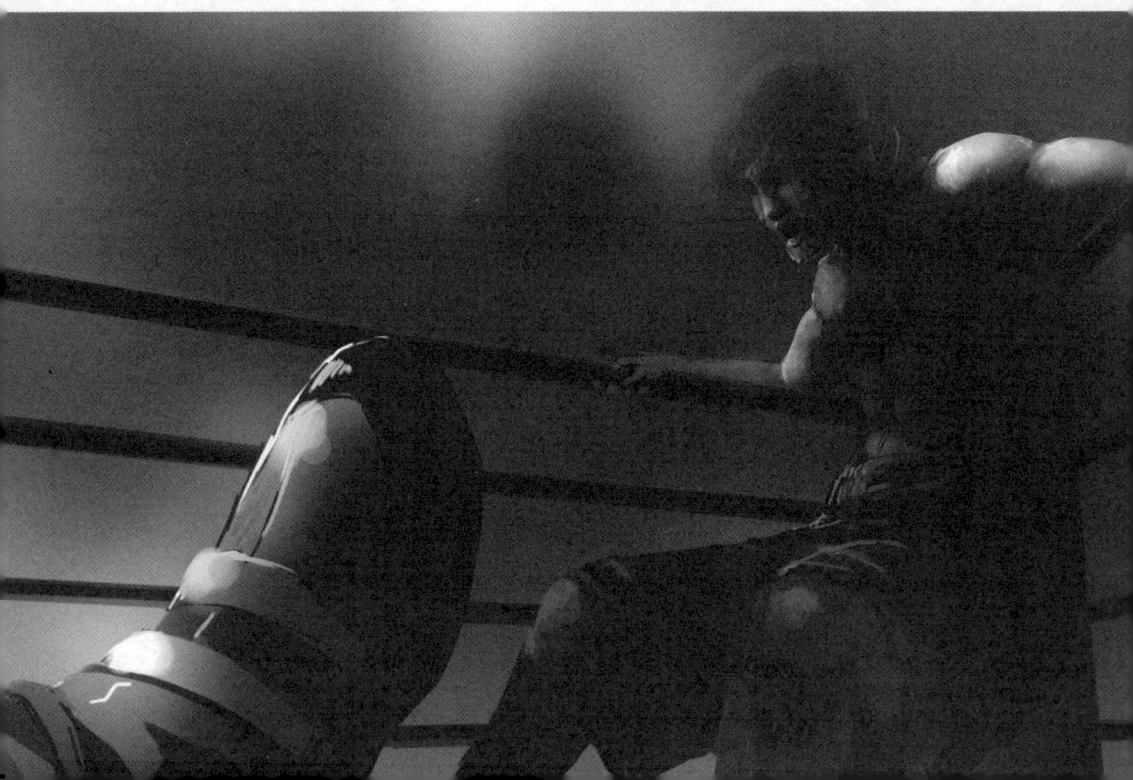

怪兽……嗷嗷……那些欠扁的家伙，洗干净屁股等你干呢！小童顺势抱着他转了两圈，拍拍后背，孩子似的放下他。跟鸣哥他们打了招呼，他即刻开始备装缠绷带热身去了。

嘭嘭嘭嘭……小童双拳开弓猛烈击打着大个子举起的手把，马来仔手托大毛巾亦步亦趋随时擦汗，还不时以痴迷眼神心疼似的看着他的人形怪兽。大个子嫌他碍手碍脚，抽冷子啪叽一手把扇他脸上：滚开你个小贱坯！他觉得自从人形怪兽大战狼人之后，自己在马来仔心中再无威慑，这让他很不安，尤其看到马来仔冲人形怪兽犯贱的眼神，气就不打一处来。就说刚才，小童在走廊里神一样的出现，马来仔扑到他身上嗨呸时，大个子倚门冷眼旁观，哼，你个马来的小贱坯，我大个虽说颜值没他高拳技没他高魔力值也没他高，可是站在一起我还是比他高一头啊！你看不到吗小贱坯？大个子心里带气，打了马来仔骂了小贱坯，貌似专注地接着为小童举手把，暗中感受着他的击打力度也是心跳加速头冒虚汗！嘭嘭嘭嘭……啪啪啪啪……心想难怪狼人新兆奈何不得人形怪兽，只是随便打打手把，自己这大身板儿都快被他给震塌了，双臂发麻手发抖，脑袋颤得像梨球，这要再上了发条打起来没完没了，自己那是必碎无疑呀！人形怪兽的魔力值在他心里陡然激增，只是不懂如何表露，于是硬挺着佯装自己也上了发条……打了一阵手把，小童觉得房内密不透气，便独自来到走廊里。做了几个上步和刺拳动作，他忽然想起要打个电话，于是就拨了一个号码，在走廊交叉口处靠墙而立，等待着对方接听。

——喂……

手机里传来一个懒懒的声音。

叔，我啊……

知道，漂洋过海的打什么电话啊？有事吗？

嘿嘿……报喜不报忧……肯定好事呗！

哦……不会是拿了金腰带吧？

哎你个老顽童，人家要说正事呢，叔，你那边都好吧？

我都好！咱不是说好，拿了金腰带就给我电话嘛，呵呵呵……

叔，我马上要比赛了，这是我职业拳赛的首战哦……

小童正说着话，忽然从旁边跳出一个人挡在他面前，小童吓了一跳，定神一看，是个样子清秀的女孩。小童转身要往旁边走，那个女孩快速地张开双手又挡住了他，女孩兴奋地冲他张大嘴巴无声地喊着：你是……拳、击、超、人！拳击超人是你……

小童有点紧张有点无奈地继续和叔叔通话。

好啊，对手是帕奎奥还是梅威瑟呢？呵呵呵……

别闹了叔，都是一般的拳手啦，是小比赛，四回合赛制……

女孩也不顾及小童的感受，继续捣着乱。她拿出自己的手机像表演哑剧似的冲小童比画着：我、要跟你、合影……说罢，她靠近小童玩起了自拍。女孩一头长发挡住了小童的半边脸，他忽然嗅到一阵清香气味，感觉脸有点热，但他还是忍不住把脸侧转过去再次感受她的发香……瞬间，他觉得那个味道让自己平静，很莫名。咔的一声，女孩拍下了两个人的合影，自己打开在眼前一看就笑出了声。

那就好好打吧……就当对手是帕奎奥，这样练胆。当泰森也行，如果你够胆……哈哈！

放心吧叔，等我好消息！对了，健叔现在怎样了？回来了吗？

叔叔迟疑了片刻，嗓音变得暗沉起来……

廊道里跑来两个大男生，看起来像是女孩的同伴。他们急急地拉着她就走，女孩伸手抠出一张小小卡片塞给小童，走出几步后，她回头压低嗓门喊道：嗨……嗨嗨，拳击超人，加油哇！

挂断了叔叔的电话，小童望着空空的通道，回想到刚才那个莫名的头发清香的女孩，拿出卡片看了看。柠檬……奇怪的名字！他自嘲一笑，猛然想起了叔叔后来说的话，神情又变得沉重起来，皱着眉往房间慢慢走去。

嗯……健叔死了，他在里面一个人打十几个……唉！不说了，你好好比赛吧……

小童终于上场了，他身披巨龙战袍，大个子和马来仔紧随两侧，阿小鸣哥断后。

那些记者把进场通道堵成人墙，大小机器噼啪闪个不停……

场上的男女拳迷们也挤进了人墙，他们疯狂高喊着拳击超人，挥臂摇旗呐喊拍照……

小童无视这些，他眼睛盯住高处的一片炫光，犹如仰首自由的天空！嗯哼……发条少年跨步上了拳台，职业拳击手视为圣地的拳台！

头场和他对战的是日本拳手小野，两个人的攻防水平差不多，打到第二回合时，小野忽然找到机会连续打中小童几记重拳，小童跟没事一样，跳开，调整气息步法，忽然放低双拳迎着对手而上，小野拼命地打出两拳想击倒他，小童晃晃脑袋扭扭脖子，故意气他，小野没想到会遇到这样的对手，他盯着小童琢磨：这小子真怪，打他左肋他拍拍右脸，打中下巴他拍拍胸前，难道他的痛点能移形换位吗？奇怪的中国拳手……还没琢磨明白呢，小童一记右勾拳把他 KO 在了台上。裁判读秒结束，场上一片喧哗，"拳击超人"的喊声四起，小野坐起身对裁判喊道：他不是拳击超人……我怀疑……中国拳手是块木头，他是木头做的，他是一个木头人……

第一场顺利得有些出乎意料，回到休息室，阿小的兴奋还在延续，他一边给小童按摩松骨，一边叨叨着小童的现场发挥如何出色。有些事，一个人有没有经验，看情绪就知道。

鸣哥站在屏幕前仔细看着第二场的拳手情况。

鸣哥：小胜而已，先别吹牛好吗？更强大的在后面。

阿小：哎，职业比赛，他可是破处了，得给发动机叫叫油啊！

鸣哥：就是头一次，我才担心……小心得恐血症！

到了这个时候，鸣哥就变得异常的冷静了。

阿小：人呢，年纪一大胆子就小，可以理解哦！我还是那句话，新兆你都不怕你怕谁？

鸣哥瞪了阿小一眼，伸手拍拍小童肩膀。

鸣哥：明天和你对阵的是古克柬，他可是个狠角色，要小心！

小童：我懂，鸣哥！

京都体育频道的两个场外解说正在接受采访。

采访者：松坂先生，请为观众介绍一下本场拳手的特点和战绩……

松坂：这两个拳手分别是来自中国的小童和泰国的古克柬，两人之中我比较熟悉的是古克柬，他在战术上属于强攻型拳手，攻击性极强，特点就一个字——狠！假如对手也是这一类型，他很容易占据上风。如果遇到灵活性、技巧、耐力俱强的技战型对手，就胜负难料了……因为他容易输在点数，你知道这在拳台上是大忌，也是他比较显著的弱点吧，有两次败绩都是如此，一次跟日本的东树，一次是中国的小雄。

采访者：这么说他也没什么可怕的？

松坂：怎么不可怕？他的拳超重，一下被他实拳击中就惨了，听说他训练力量的方法是拖大象啊！

采访者：请给我们预测一下今天的结果吧，中国的小童能扛得住他吗？

松坂：小童这个拳手非常难预料，我个人觉得……古克柬会赢！

采访者：你不觉得小童超扛打吗？

松坂：我还没摸清他的底，如果只是扛打，未必赢拳哦！

松坂想了想接着道：不过呢，看他和新兆拳王的对抗录像啊，我倒觉得，是个无法估量的拳手。

采访者：如果小童和新兆拳王打争霸战的话，你觉得谁会赢？

松坂摇摇头：这个啊，我不想说……

旁边的搭档笑道：是不敢说！哈哈……有一次啊，松坂在现场预测新兆拳王会输，那家伙就从候场区冲过来暴打了他一顿，只怕现在还心有余悸呢！是吧松坂？

松坂：哎，别乱讲了，这段不要播啊！

古克柬的助理们用黑布围起一个狭窄空间，他站立在中间把两只拳套抵住双颊，嘴里不停地默念着什么，只有一道光从上面打在他的头顶，这是属于他自己上场前的必要仪式，没有人知道为什么，毕竟拳手都有点属于自己的秘密。

小童一个人在练着小跳步和刺拳，他显得有些心不在焉，不时地停下来向左右通道张望着，流露出隐隐的焦躁……

终于要上场了，助理们把黑布撤开，古克柬仰头迎着强光露出狰狞的笑容，然后跳起来双拳在胸前猛烈一击，走出候场室。

小童已经准备妥当，阿小站在面前盯着他看，两人撞拳打气。

阿小：土豆片儿，打起精神来，把那个狠角色给我放倒，让鸣哥看看！

四个人簇拥着他走向赛场。小童回过头来，透过众人又望了一眼空空的通道……

欢呼声骤起，起哄声口哨声响作一团，双方的拥戴者们形成两条通道，一群满身刺青的泰国拳迷冲古克柬挥舞着手臂狂呼：打死他！打死他！打死拳击超人！打死他……

古克柬目不斜视旁若无人地走向拳台。

在拳台前的交会处，两个拳手碰在一起，小童面无表情地看着比自己健硕凶猛的对手，古克柬故意停顿一下，神情古怪地冲小童一龇牙，两人分别从其中一边上了拳台。场内解说在拳台上围着两人绕动，场裁在给两个拳手讲解赛规。古克柬还是神情古怪左顾右盼，好像无视眼前的对手一样，两人回到蓝红各边，鸣哥帮小童戴上护牙托，附在小童耳边说：这小子今天有点变态，要留心他的小动作啊！

第一回合，小童不断地用刺拳击打来挑衅试探着，对方却只是躲避跳动，哪怕是小童露出空隙他也不会出重拳，阿小和鸣哥在台下观战，不断提醒着小童。快两分钟也不见对方发狠，小童有些急躁地开始进攻，他用直拳连续逼迫对方靠近护绳处，忽然发力打出右勾拳，可是却被对方紧紧搂抱住，他力量很大，小童动弹不得憋得脸通红，只好等场裁过来分开他们。第一回合就这样不痛不痒地结束了，中场间歇，小童坐在红区，鸣哥查看伤情，阿小给他按摩着手臂。

阿小：跟他磨，别轻易进攻。

鸣哥：他看过你比赛了，别中他的计，设法激怒他而不是自己着急明白吗？

　　第二回合开始，小童靠近对方，他双拳一击左右一晃头，竟然把脸直接露给对方，古克崍愣了一下，迅捷地左右勾拳打向小童，他灵活漂亮地避过两拳重击，场上一片欢呼声。对方开始发狠进攻了，小童不停地跳退躲闪跑动着，一时兴起，好像也玩开了，竟然再没有一次进攻击打对方，古克崍感到了羞辱，他累得气喘吁吁却不知所措，铃响时愤怒地击打了自己四五拳……

　　此时，新兆一直坐在场上前排中仔细地看着小童的比赛，他身边有个戴眼镜的中年人，样子像个拳盟官员，还有他的经纪人简先生依次而坐。三个人不时地耳语交流着，新兆指着小童给那个官员讲解着什么……他们的情形都被台前的阿小看到了，人声混乱中，他也没去多想，只是转头观察了几次。

　　间歇之中，阿小给小童查看伤情，没有出血，只有几处红肿的瘀伤。

　　阿小：他没什么招数了，变化不大，小心他的左直拳，被他打中下巴你会晕倒的……

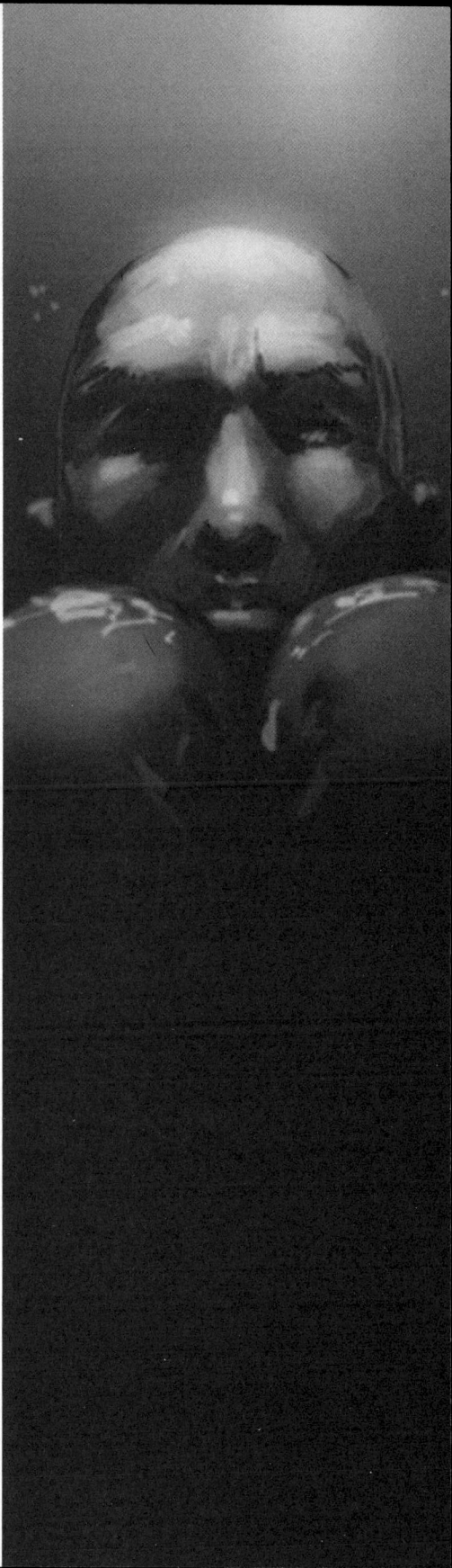

小童用劲地点着头，阿小抽空又扫了一眼新兆，发现他们来的可不只三个人，还有四五个人混在拳台周边的媒体圈里，从不同的角度近距离拍摄着小童的比赛过程。

第三回合，古克倮发起了猛烈进攻，连续二十几次的连击过后，一个空当，小童被他的重拳击到了护绳另一端，轰隆倒地，全场发出呼声！可是，就在场裁读到五秒时，小童晃荡着站了起来，他定定神，虽然不感觉痛，也是眼冒金星。没有更多喘息的机会，古克倮再度进攻，他近身用左右小摆拳疯狂地击打着小童的双颊和两肋，阿小和鸣哥看的惊心动魄，直冲小童大喊：抱住他，快呀，快抱住他，别跟他玩，危险……

小童根本不听，任由对方击打着，脑袋左右摆动着，好像故意炫耀自己的躯体不怕疼痛……古克倮此时像一个杀红了眼的凶徒，一副不击倒对方誓死不休的神情，打着打着，他的眼神开始凝固不动了，两只手臂机械般地不听使唤，目标渐渐变得模糊起来，小童盯住对方，忽然在两拳空隙处一记小直拳打中对手右眼眶，古克倮向后一仰头，还没回到位，小童快速上蹿半步，一记重重的下勾拳直捣古克倮下颏处，这一拳太重了，随着向后翻仰的惯性，古克倮健硕的躯体整个飞起来，轰隆一声摔落到拳台上了……小童似乎也用完了力气，侧身靠在了围绳上，一只拳头勾住围绳，才没让自己倒下。

拳击超人！拳击超人！拳击超人！

……

小童不理会这些呼喊，他呆呆地靠在围绳上，一直到场裁数秒结束，全场欢呼声大噪，鸣哥和阿小狂奔到拳台上抱住他推搡他，把他抬起来绕拳台转圈……小童这才回过神来，然后慢慢地扭转过头，透过混乱人群看向观众台的一个方向……

真被小童言中，这场比赛的确是个局！

比赛第二天，拳馆休战！也许很久拳馆都没出过公众关注的拳手了，鸣哥带着大家狂欢纵饮，喝得人仰马翻昏天黑地，十几号人狂扫了五十箱金牌听啤，大个子醉得直吐胆汁，还抱着马来仔亲个没完……他们是这么玩的，先把上千罐啤酒在拳台上堆成高塔，圆心里塞满了拳套和梨球，然后大个子和马来仔站在拳台两边嘭嘭开喷大香槟，小童就挥舞双拳嗵嗵乓乓一层层地把啤酒罐击飞，那些罐子、梨球、拳套满屋子横冲，所有人满地打滚地鸟兽疯抢，抢多少喝多少，不抢疯灌醉才怪！

喝多了大个子抱着马来仔跳探戈，大个子借机戏谑地狂亲他，马来仔恶心坏了，一脚撂倒他，骑在身上往他脖子里面灌酒……其他几个喝醉的拳手抢着大沙包互砸起来，噗隆隆一砸倒一片。

阿小和鸣哥喝醉了就吵，吵累了再喝，他们一直争论着小童打飞对手的最后一击究竟是出自神力还是人力！

神了、神了、呃……发动机、最后那一拳，呃……咔一道光……化作拳风，哗一下……呃，拳风从拳套里、从拳套里射出来了，古克柬的下巴，嘭……呃，一个大火球、大火球炸了，人飞了，呃……

见鬼！活见鬼你，明明是……一个大水球，大水球！大水球爆了，人……飞了，呃！

他 × 的，火球！火球有劲，人飞的高！

是水球！鸣哥……你醉了！呃……人家发动机、发动机在水里练的……抗阻力……抗阻力拳、劲……劲大！

水你个球！他 × 的……你不服、你不服我用火球烧了你……呃！

火你个球！你不服，我、我用水球灭了你……呃！

火球！

呜哥抓过一个红梨球砸向阿小。

水球！

阿小把啤酒灌进拳套里再摔过来浇他一头。

　

马来仔摆脱了大个子的侵犯，他跌撞着冲到拳台这边，见小童自己坐在那，头靠围绳喝酒，就钻进去坐下。

人形怪兽，我没陪你，是因为……大个子一直缠着我。

没事，来，喝酒！

小童指指堆在一边的啤酒罐。

为你庆祝，我愿意把自己灌得屎尿一堆！真的！其实我讨厌喝酒，不骗你，我爸是个酒鬼，睁开眼就喝，一天到晚就是喝，训练时也喝，上拳台之前都在喝，对手说他打的是屎尿醉拳击，后来躺在病床上……还在喝！整天说我没出息没长大没能力赚钱养家，现在他就快瞎了，想喝也没得喝了……

快瞎了？为什么？

他当年被人打得视网膜脱落，从此告别拳台一蹶不振，家里被他喝的穷翻了底，现在忽然说要换眼球，不然就得瞎……你说他是活该还是命该如此？

你恨他吗？你恨他就是命该如此！

我恨他！恨他……也是我爸呀，我有的选吗？

那就去帮他！你去帮他你就长大了！

我怎么帮啊？我打拳没天赋，呜哥一眼就看穿了，他好心留下我，没让我饿死！

小童喝光了手里的啤酒，扭头看看那边喝得叽叽歪歪的哥俩儿。

哎，人形怪兽，当初，你是怎么打上拳击的？以你的身手就是去好莱坞也能打出一片天下，我一直觉得你啊身上有种神力……神力嘢……不，是魔力……魔力噢！

哼……那我就让你看看，到底是神力还是魔力，走！

去哪？

跟我走！

嘢！

他们大大咧咧晃荡出拳馆，夜色将至，两人拦住一辆的士，直奔京都料理。

两个月前。

和马来仔一样，峻先生也看出了小童身上有某种神力！他仔细看了多遍那个视频，渐渐地洞悉这力量是出自小童内心中的某种秘密。嗯……这个中国拳手光环兆头且大有可为！他开始琢磨着怎么布局、如何下套、链子从哪拴才能让小童自己走进来与新兆拼死一战。如他所说，像一条铁链上的两头野兽，彼此嘶吼着，撩拨起人们的兽性！

先抑后扬还是先扬后抑呢？嗯？拿捏这嘶吼的程度与火候绝对得是淡定的绅士才能做得到啊！欲速不达，慢则无果。那个对抗视频的不同寻常给了他信心，扒底的狗们又在第一时间把医院的检测报告呈到面前——神经系统异常，肌体反射刺激无感症！他内心很震惊，这是让一个拳手上天入地的结点，所谓神力的结点啊。细枝末节在脑子里迅速放大了一千倍，一条合情合理又合法的黑线在眼前明晰起来，嗯……先扬后抑更能切中人性的弱点不是吗？吸了会儿雪茄，喂喂鳄鱼，淡定的绅士开始了下午的约谈……给大家喝咖啡还是喝茶呢？嗯？

一小时后。

最近的排名赛能否提前一个赛季?

先生的意思是……

你提前一个档,我要对年底的争霸战有所运筹。

哦,明白!那么……争霸战也要往前推喽?

要看排名赛的结果,所以,才跟你这个大员提请啊……

不敢不敢,这边照办就是,那么……先生是发现了楔子吗?

不是楔子,是怪力!要风云四起的!

哦,刺激!听着很刺激!

是啊,黑雄和狼人小子的头场争霸战以后,我们再无风云战事,这……不可理喻嘛!

对对,先生摇旗,我们呐喊!

有个问题,假设,我是说假设,一个拳手身体失痛,没痛觉……所谓的失痛者,那么,他参加排名赛合规吗?

这个啊……这个呢算特异体质范畴,我们联盟的竞规条款倒是没有明令,如果要……

好!假设,这个拳手获得了战绩后再被拆穿诉律,在惩处上有无上限?

嗯……没有前例,联盟可以核准议定,也就是说可以任意的……

好!我今天说的假设,你要有所准备,当它发生的时候,有个准则你要记住……

请讲,先生……

先扬后抑!

好!

嗯……排名赛的提档有问题吗？

别的不是问题，可能商业预热周期过短，会影响赞助方的收益……

这个交给我，怪力所至风云际会，一定是超乎寻常啊……

那就最好！

一小时后。

我让大友给你的视频看过了吗？

看过了，先生，果然是两头野兽啊！

能与狼人新兆对抗超过六回合的只有黑雄，一年前的黑雄！这个怪小子竟扛了那么久，他若凶狠胆恶，狼人必有一劫。

对对，一鸣拳馆已经跟我打过招呼，说有新拳手要参加排名晋级赛……应该就是他了。

嗯，我要跟你说的正是这件事，要他进来，要让他们感到机会难得并为此周旋其中，明白吗？

明白！本来人数已定，我正考虑给不给这个机会呢……

不仅要给，还要扶上马送一程的。还有，关于赛前通检要给打开一条绿色通道，不能有岔头，我刚刚约谈了联盟的峪和大员，需要什么安排直接找他。

明白！那名次方面……要不要……？

名次不是你要管的事，但赛事细节必须周到，大到媒体会小到休息室，既受宠若惊又顺其自然，我要的是他们的心理膨胀过程……心理膨胀明白吗？最后一点，确定与他对阵的两轮拳手之前，你要把所有参赛拳手的背景资料拿来，我们得过遍筛子，这里面，学问很大。

可是？先生……

没有可是，一切照做就是！

是，先生！

半小时后。

大友啊大友，好戏即将拉开帷幕了。想想，真是令人动容啊！

是啊是啊，我们的新闻通稿已经完成，我给那个中国小子命名为拳击超人！怎么样？

嗯……不错不错！听着玄乎，有概念有光环，有光环的拳手……我喜欢！

对对，几百个媒体箭在弦上，只等先生一句话，我们这颗超级炸弹即刻光荣绽放！

好！大友啊，我问你……如果森林之王来到了都市，它还是兽吗？

这个……不太好说……先生的意思是……

哪里不好说的，当然还是兽，只不过是变成了困兽！因为它把野性暂且藏了起来。

先生这样讲，听起来颇有玄机！先生是不是……

大友啊，一直以来，都是我装腔你作势，今天咱们换换，说说你对拳击超人的看法。

如果你来谋这个局，那么，故事应该怎么起承转合呢？

嗯……明白，先生！我们这么来看，一个中国少年沉浮于京都，他带着内心的秘密或者说某些伤痛寻找着，寻找自己的方向。这方向并不远大但一定有！也许，那是一处小小的拳馆，他在那喘息着，获得了微弱的存在感。又或者那是一场小小的拳赛，他打了，为自己拿到了坚持下去的理由。有一天，不期然的，他遭遇了一个对手，一个听说过没见过的对手，一个他自己从未想过能与之一决高下的对手！他不敢想，他认为那是找死，因为，他害怕身体的异能会把他带向无知或带向死亡。这一刻，打还是不打？少年一定很抓狂！他终于还是打了，我们都知道了结果。也许，一个微小的迫不得已的理由就让他一步踏上了风口，如何立在那惊心动魄的浪尖上，只怕他自己到现在都说不清。但是，这结果震惊了他，接下来还会震惊更多的人，这样的话，少年会如何思考自己的下一步？又会产生怎样的心态呢？

大友喝了一口茶，见峻先生一直在点头琢磨着便接着讲下去。

想象一下，整个拳馆都为他疯狂。一个年轻拳手如何受得了这当头刺激，他忘记了之前的痛苦和怯懦，他觉得自己卑微的命运忽然闪动起荣耀之光！他也忘记了拳王与金腰带曾经高悬在自己梦想的殿堂中，他顶礼膜拜，他从不敢轻易碰触，他怕哪天它会忽然消失不再。现在，他的内心开始极速膨胀，他目中无人而且肆意炫耀……于是，他的经纪人想尽一切办法让他打进联盟的排名赛，以获得挑战拳王的热身赛资格并就此翻身！他们费尽周折努力争取到了这个机会，就在他跨上职业拳台的前两天，我想，不多不少，一定在前两天，他与狼人新兆的对抗视频全面爆发，如先生所讲，带着神力光环的少年，不……是拳击超人，一夜之间名声大噪！紧接着，所有媒体都在报道他即将参加两天后的排名晋级赛并大胆预测他的战绩。就在排名赛的当天，有大量的媒体围堵他的住所、一鸣拳馆及虹馆赛场，给他们带来大势将至之感。赛事之后，拳馆为他的好名次大开香槟，因为他们拿到了自己不曾预见的东西。对他们来说，这是一个天大的彩蛋！对我们，这是个弥天的烟幕弹……接着，联盟忽然宣布了一个消息，一场没有前例的假拳事件就会昭然若揭……一鸣拳馆会被查封问责进入黑名单，经纪人被抓捕调查，媒体铺天盖地大肆渲染，把拳击超人推向众矢之的！拳迷沸沸扬扬追根问底，人们执着于事件真相热度不减，而这正是我们欲盖弥彰的温床！至于拳击超人，一夜之间又被打入漩涡浪底的拳击超人……将会接受史上最为残酷的体能复检，带着巨大的精神创伤一头栽进痛苦的深渊……哼哼！接下来，拳击超人就真的变成一头困兽了，他疲惫地走进我们为他张开的笼子，等待着满血复活之后的拼命搏杀！不，应该是苟延残喘任人摆布！对……苟延残喘任人摆布才对！

大友说完后长吸口气，好像自我感觉颇爽。峻先生半眯着眼快听睡了，他直起身，弄了弄茶。

大友啊大友，这个故事讲得不动听，太官方了……你拉开了帷幕梳理了脉络，却忽略了魂魄。一个困兽对我们是毫无价值的，因为他只剩下最后的挣扎……拳击台不是斗兽场，兽血满足感官，人血切中灵魂，人们在拳击台上看的是精神，而这，正是你的故事所没有的魂魄！

峻先生嗅着茗香思忖着，眼神带着似有若无的光。

似曾相识啊，看到他的瞬间，我的心被荒蛮刺中，直觉告诉我，那是森林之王的野性光芒！那光芒惊鸿一瞥便消失不见，于是，我看到了他的痛苦！想象一下，迷失的森林之王来到了都市，这里阴森恐怖罪恶横流妖言惑众，所有的物种都是半人半鬼的妖兽之流，他们说人话做鬼事，循环往复地制造着无中生有的感相，一个硕大的妖言垃圾场！森林之王找不到物竞天择的自然法向，也没了弱肉强食的游戏规则，他嘶吼咆哮愤怒迷茫但是……已经晚了，他陷落了，走不出去了，找不到回归森林的方向了，而那正是他全部的精神所在！于是，他迷惑着轻轻放下了野性，他蛰伏着忍耐着痛苦着但却从未放弃希望，因为放弃希望的人是没有痛苦的……而我，我看到他的内心一直在燃烧！那痛苦之火……从未熄灭过！所以，我们等的不是苟延残喘困兽围笼，我们等的是雄狮呐喊猛虎归山！我们等的是凤凰涅槃浴火重生的森林之王啊……

峻先生喜欢思考别人的事情！可是，有些事真不是思考出来的！更不要说人的命运了，那玩意儿谁较得准啊！

小童和马来仔离开京都料理黑拳场时酒全醒了，小童是打醒的马来仔是吓醒的。夜风带着燥腥味儿胡乱地吹着他们，马来仔眨巴着红红的小眼睛东张西望，神情像是在说这狗日的地方夜色还他 × 挺美！

人形怪兽，刚才你吓死我了，那两个家伙冲你打风火拳时我都快尿了，裸拳像雨点一样砸你身上你怎么都不躲呢？是痛得麻木没反应吗？我怕他们把你打散架了我又背不动，心想要是那样我就满地打滚大闹大哭，他们烦了就能帮我背你……

你又哭又尿的我都烦了，难怪你爸说你没出息！男人不能哭，十二岁以后，我就没再哭过，不过呢……算了，说了你也不明白！对牛弹琴！

小童看看马来仔的小身板儿。

对驴！

马来仔心疼似的盯着小童的嘴角。

我就说说而已嘛！担心你嘛！可是，嘴里出了那么多血，看不出你痛呢？

痛倒是……就是牙被打松了，我倒希望它痛啊！

我的天爷大神怪了个兽啊，被打成那样还不知痛，然后还一拳撂倒一个两拳撂倒两个，你不会……你不会真的是人形怪兽吧？

哼哼，以后你赚钱了，记得给我换牙啊！

呸……给你换一口金牙！恶心死你，哈哈哈！

挺好啊……没钱就掰一个，兑现！

两个夜游叉晃悠到了星夜长路巴士站，远远看着一辆星夜巴士过来了，小童双手拍拍马来仔肩膀。

行了，给你爸的事情办好，不要急，拳馆也没什么事等你这个废柴……

人形怪兽，大恩大德不言谢，等我回来，接着给你当牛做马来仔！

大巴士呼啸进站，哗啦开启双门。小童推推马来仔。

少叨叨，快上车！

马来仔一转身又一惊一乍了，一群扮成男神女鬼的星夜快闪族魑魅而至，他们呼啦啦拥住马来仔，张牙舞爪地推搡着他挤进车门，马来仔觉得自己脚都离地了，他挣扎着扭头转身喊着小童。

哎……哎哎！人形怪兽，我还有个请求……你不能偷着换助理啊……

巴士开动了，马来仔挤在中间，像被妖兽们擒掠的可怜小孩，他的脸半蹭在玻璃上，还冲着小童大喊着……

小童看出了他的口型，五个字。

别用大个子！

看着马来仔裹挟在群魔中的惨状，小童摇摇头笑了。

嗯哼，一地妖兽！

尚志随便拉住个女赌客调情，他手攥一瓶马爹利倒满女人手捏的小玻璃杯，女人把满杯的马爹利倒入尚志面前的一杯清酒里，他抓住女人的手亲亲，然后张嘴叼起清酒杯咕噜咕噜仰脖灌下这杯深水调情酒……从仰脖灌酒到低首放杯，他始终醉眼淫光盯紧那女人，像要把她就酒吞下。

哈……尚志被呛的血往上涌七窍生烟，他张大嘴巴眨巴着醉眼往拳台那边扭了扭头，一个伙计正冲他打着手语招呼，他点点头，伙计走过来贴近他俯首低语着。

来了两个人说要找你，被我挡在门口了……

什么人？

嗯，其中一个来过一次，上次救了野库那个，打不怕死喝不要命那个帅小子！

啊……嗬！

尚志忽然号叫一声，把伙计和女人吓一大跳！

拳击超人来啦！我靠我靠我靠靠……

尚志呼地起身双手抱头就地转圈圈，伙计和女人不解他这是喜怒哀乐哪一出，懵懂地对视了一眼。

小童和尚志在一边谈着什么，马来仔盯着拳台上的两个野兽撕扯，看样子吓得不轻。

我想知道，打一场钱最多的比赛你能安排吗？就一场！

嗬嗬……拳击超人，越出名越变态了，我喜欢……哈哈哈！不过，两场！你打两场，我们才能有更多红注，两边都好说！

一场，钱最多的！

两场，保你钱最多！

一场！

两场！

一场！

这么变态？唉！那只能玩二P了……

二对一？

那个钱最多！

好！

一场血脉偾张的残斗看得马来仔魂飞魄散，嗓子喊得哑不成声。小童血汗遍体一下场，他赶紧抱着一团绷带过去擦。

哥，疼不？咱可以喝醉不可以遭罪啊！

他颤着音儿边擦边问。

不疼！

啊？这都不疼？哥……你疼就说别挺着……你没听人说哪儿一疼就喊妈呀妈呀哎呀妈呀，真止疼！你疼你就喊妈！喊妈有用！

别啰唆！

尚志掐着一叠钱走近小童。

一场拳，最多的钱，被你拿了，拳击超人，再缺钱就过来打两场，让我们也多赚点红注好不好？

谢了！

哥、哥你刚才是不没听清？你疼你就喊妈……你别喊爸，你喊哎呀爸呀那没用……喊爸没用！

小童接了钱直接塞进马来仔手里。

拿着钱，给你爸换眼珠子，现在就去。

嘎噔一下，马来仔收声、闭嘴、瞪眼立正了！小童唰地拽过搭在马来仔肩膀上的衣服转身就走。马来仔瞪了十秒钟眼睛才张开嘴喃喃着，他低头看看钱的厚度，抬头望望哥的背影。

给你爸换眼珠子……给你爸换眼珠子……哥！

……

5
不期
而战

    后来，小童才知道，官员们说的深度检测叫作"体感综合反应测验"，是针对神经系统和肌肉组织的功能性检查。

    这下好了，排名给撤了，拳馆也上了黑名单，你有问题怎么不早说呢？

    那就打非常规的，打黑拳也行，我一刻都不想等！告诉木头人，这一战，他躲不过去！

    羞辱他没问题，打也没问题，就怕你运气不好，又被小童打得吐血，到时候，你不想让人看到……都难了！

你身体的异常状态却让你赢了比赛，这属于体能特例，联盟目前还没有参考体系，我们只能对你进行一种深度检测，需要你配合我们……

反问：什么检测？

答：现在必须对你保密，等到有了结果，联盟会以新闻发布会的形式对外公布，以确定对你本次比赛的仲裁。你放心，对你的检测会在医学通用的范畴内进行，不会对你的心理和身体造成太大伤害，你，有什么问题吗？

答：没有。

后来，小童才知道，官员们说的深度检测叫作"体感综合反应测验"，是针对神经系统和肌肉组织的功能性检查。

四名亚洲拳击联盟的官员在冷冰冰的金属条案后落座，对面的聆询对象已经变成了阿小。

问：你的拳手在赛前一周时间内，体能状况有异常吗？

答：我不知道你们所说的异常指的都是什么，我就知道我的拳手没有违规行为，还有，你们作为仲裁机构应该讲究证据，现在药检都做了，明明没有问题，你们还想怎么样？

问：请回答问题。

答：正常。

问：你的拳手有服用兴奋剂类药物的需求或习惯吗？

答：没有。

……

聆询对象又换成了鸣哥。

问：一鸣拳馆有没有向本次排名赛推介拳手？

答：有。

问：在推介过程中，有关拳手的体能状况，有没有发生向赛事主办方进行隐瞒或作假的行为？

答：绝对没有，赛前的各项例检我们都按要求严格执行，而且，赛前通检记录也都正常啊，你们可以去核实啊……

问：有没有进行影响赛况方面的黑幕操作？

答：没有没有，这怎么可能，一鸣拳馆一向很注重声誉，你们也知道的……

问：你了解拳手的体能异常情况吗？

答：嗯……例检之外的我不了解……

问：其他情况呢？

……

小童经受了联盟下达的史上最为严酷的体能复检。

那些日子，他好像落下一个毛病，走多了或站久了就会眩晕！

那滋味挺怪异的！

小童漫不经心地对阿小说。

没什么兆头，忽然就冒出一堆小星星在眼前跳舞，跟着世间的一切仿佛骤停！骤停啊！为什么？耳朵听不到声音，什么都听不到，感觉周围的东西就要坍塌了，四崩五裂的坍塌……这时候若不闭眼就得撂倒！可有时呢，你一睁眼，吱儿一声，就像一根钢针带着金属音破空直刺耳鼓一样，扎得你头大眼花……啪叽一下，还是撂倒！

我靠！说的像地狱！这是电击后遗症吗？

阿小同情地盯着仰头看天的小童问道。

可能吧！反正一那样我就在心里喊着：魔鬼们！老子的痛楚要来

啦！你们备好战袍等着吧！呼呼嗣嗣……

小童从高凳上跳下来，吐了叼着的冰棒，挥拳疾打着，嘴里发出呼呼嗣嗣。

说也奇怪，我这么心里一喊手上一打，那东西好像听得懂也感受得到，有时候它也会怕你，就自己退了！真的小哥！我现在明白了，当痛苦打不倒你时，你就比自己强大了！唉……说了你也不懂！

倒不是不懂，是我没你那些怪毛病啊！可是呢，如果那些怪毛病能让你变成勇者无敌，我还挺羡慕呢！

是吗？你看你看，这东西说来就来了，不对不对，你得扶着我！不行不行……这次来得更猛烈些，你得背着我！

………

几个人沮丧地散坐在拳馆大厅，鸣哥焦躁地来回走动着。

鸣哥：这下好了，排名给撤了，拳馆也上了黑名单，你有问题怎么不早说呢？

小童低垂着头盯着地面：对不起！

阿小：这种事，他自己怎么说得清？本来就没有前例嘛！

鸣哥：难怪上次新兆跟你打的那么狼狈，他要是知道真相，不知会发生什么事呢……

小童忽地站起身：好了鸣哥，发生什么事我都自己顶着，从现在起，跟拳馆无关……

鸣哥：你一没背景二没实力，你拿什么顶？

小童走了几步又停住，头也不回地冷冷说道：拿命！

说完，他快步走出拳馆。

鸣哥和阿小都呆立在那，面面相觑。

140

鸣哥：唉！他是不懂啊，打假拳这种事，一公布就是污点，还不知要背多久呢……

阿小：都是我让他出战的，还以为能占便宜呢，我是不是坑了他？可是鸣哥，算我们打假拳也太扯了，这些混账王八蛋官员欺人太甚，要不就是有黑幕收了黑钱什么的……

那个木头人呢，他在哪？

新兆气呼呼地冲进了大厅，后面跟着他的教练和助理，还有一群媒体的人。

鸣哥看了一眼来人，冲阿小低声道：看吧，比我说的还快……

说着，鸣哥迎上前去。

鸣哥：嗨，拳王，欢迎啊！是想热热身还是打一会儿呢？

新兆：叫他出来！那个木头人。

鸣哥：唉，可惜啊，你找的人不在，不过咱们拳手多……

新兆不等鸣哥说完，就冲阿小开起了炮。

新兆：你的拳手呢？那个打假拳的木头人，叫他出来跟我打一场。

阿小：他没有打假拳，他上次跟你打，也不是比赛……

新兆：今天也不是比赛，他还没资格跟我比赛，我就是要扁他一顿，快叫他出来。

阿小：对不起，只能说你运气不好喽。

新兆：我就奇怪，被我重拳击打毫无反应的拳手还没出现过……当时就觉得他不对劲，×的，这个木头人。

新兆戴上拳套，走向沙包，教练山姆跟在边上，他疯狂地击打着、喊叫着：你们说，这一箭之仇我怎么报？啊？

山姆：其实，这个消息一公开，你上次就不算失败，是失误。

新兆：不行，人们为什么关注这个木头人？是因为跟我打过，还让我蒙羞，他抢了我的风头，我必须在第一时间打败他，羞辱他，还得让所有人都看到……

噗噗，噗，咚咚咚……

新兆发疯地喊着打着，好像自己是拳馆的主人，全然不顾鸣哥的存在，阿小在一旁实在气不过了。

阿小：羞辱他没问题，打也没问题，就怕你运气不好，又被小童打得吐血，到时候，你不想让人看到……都难了！

新兆又被激怒了，他用拳套指着阿小吼叫起来。

新兆：叫你的木头人出来，我要跟他约战！

山姆：等等，你们现在都是禁赛期，怎么打比赛？

新兆：那就打非常规的，打黑拳也行，我一刻都不想等！告诉木头人，这一战，他躲不过去！

阿小：放心，要是能打了，小童不会躲你的！

傍晚，拳迷俱乐部酒吧里人头攒动。

人们围坐在西区的吧台喝啤酒谈天，有些人在中间区域的游戏岛上打着各种拳击游戏，一个矮个子男人大呼小叫地引人驻足，他玩的是这里花钱最多也最豪华的游戏，最新的史泰龙对战施瓦辛格3D升级版真人拳击闯关战，打斗那是无与伦比的火爆刺激。

东区那边的微型拳台上有人在打拳，一些拳迷里外三层地围观着。

阿小心烦地转身看看拳台那边的动静，皱皱眉，闷闷地喝着啤酒，吧台上悬挂的几台电视播放着泰森的KO集锦。

阿小：一看到泰森，我就想到了黑雄。那家伙现在沉寂了，要不然新兆也不会没完没了地跟你过不去。这次，联盟对我们的处罚，我看跟狼人有关。

小童：无所谓了，比赛我并不急着打，我说过，身体这种情况，输赢都没有意义……与新兆的对抗，让我有了底，也变得更谨慎了。就说这次排名赛，我是跟自己过不去呀，总觉得有人刻意安排，媒体都像在做戏……小哥，有些事，我只会听从自己的内心。从小我爸就告诉我，凡事心里要有天平，与人为善好过恶，倒不是说我怎么样，就是觉得这样比赛，对其他拳手不公平，赢了也不光彩啊！而这一切，相信天上的父亲都看得到！

阿小：你说得对，我觉得联盟的处罚一定有黑幕，这些王八蛋……

小童：算了小哥，还是我的问题，自己没准备好……就你说的，那点屁事儿，对我……还真是大事！

阿小抬头盯着电视，泰森 K 着各种对手，那叫一个爽！他眯起眼睛，做出神思恍惚的样子。

阿小：曾经，我有一个梦想，自己能带一个……像泰森这样的拳手，一路过关斩将风光无限呐！我们坐着私人飞机到处去拿金腰带，入住五星大饭店……是七星……七星大饭店！天天享受沙滩美女还有一帮米其林大厨给我们做饭，躺着就能赚大钱……哇！想想就爽死！拳击……真叫人疯狂！

小童伸出手在阿小眼前晃了晃。

哎，哎哎……这也叫梦想？你这叫做梦！还是个白日梦！你当电游啊？过关斩将上天入地沙滩美女神力加持……你也不怕躺着被钱砸死？做梦吧你！

是梦想！

是做梦！

梦想！

做梦！

看着小童傻乎乎较真儿的样儿，阿小实在绷不住了，他捏着酒瓶哧哧哧地笑个不停。

笑死我了……啊……咱不是说好了，要一起熬出头嘛！好了好了！是做梦做梦！啊我开心多了……不然……实在憋得慌！

哎，接下来，我想……多点时间去仓井先生那里。

嗯，也好，我也有些自己的事……

阿小眼睛盯着啤酒的气泡，好像在想着某些事情。

明天，我去趟大阪……

电视内容忽然切换到亚洲新闻播报。画面上出现了小童的比赛现场镜头和联盟公布的影像资料：近日，联盟公布了一场震惊拳界的假赛事件，被称为拳击超人的中国拳手隐瞒异常体能，在幕后拳馆的操纵下，违规参加联盟的当届拳王挑战排名赛……目前，联盟已经对违规拳手进行深度复检并获得重要指证，不排除对事件受贿官员、幕后操纵人员做进一步收监勘甄的可能……

　　……

　　拳台那边正打得激烈。

　　有个拳手走到古克柬的身边耳语了几句，古克柬神情略微吃惊地扫视了一下吧台方向。他把几个拳手招呼到面前，几个人围在一起听他说着什么……

　　近几日，关于假拳事件的报道铺天盖地，小童他们已经不在意了。小童刚要拿起啤酒，忽然被一只手摁住了，他侧脸一看，是古克柬。

　　古克柬贴近小童恨恨地说：三十九赔一，最大拳注下到八千万，连我都押你赢的，结果呢？你一个人断了我们一帮人的财路……

　　小童：你在说什么？我听不懂。

　　古克柬：听懂也没用了，谁让你是个木头人呢，我们认栽。

　　他回头看看那几个拳手，挑衅地坏笑着。

　　古克柬：我这帮朋友，他们想试试，拳头打在木头人的脸上是什么滋味，他们想知道，你是不想赢拳，还是真的失痛了？

　　阿小站起来挡住小童：哎哎，你们这样可不行……

　　小童喝掉了啤酒，把阿小推开，冷漠地看着古克柬，又扫了一眼其他人，嘴里黏黏地蹦出两个字：谁先？

　　一个看上去很无畏的拳手走到近前，其他人立刻围成一个半圆的场子，两个人站立中间对峙了一下，那个拳手一咧嘴：嘿嘿，木头人……

他一记直拳竟然直击小童的左眼，小童的瞳孔迅速放大，裸拳在里面像一个大锤凶猛地逼近了，他侧闪、下潜、出拳，直捣对手的喉咙，嘭的一声，对方直挺挺倒地不起了，他眨动着双眼，看样子想要说什么，却根本发不出声来。

小童看看那个拳手，轻哼了一声：我不太喜欢……被人打眼睛！不……是太不喜欢！

对方几个人全看傻了，他们慌乱地把伤者抬去休息区了。

阿小：土豆片儿，我头一次见你这么狠……

小童：他们这是挑衅，打拳我不行，打架没问题啊！

两人接着喝酒，阿小接起了电话，里面传来鸣哥急呼呼的声音……

有急事，你快回拳馆……

话没说完，阿小跟小童说声有事就走了，小童只好自己回了半坡。刚好是个周末，想想无甚可做，就翻出之前从阿小那带回来的半瓶红酒和一部电影，泰国的功夫片，感觉挺凶猛。窝在破烂的小沙发里，喝着看着，也就十几分钟，整个人都不好了……酒是假酒片是烂片！他杵在地中间发了会儿呆，抬头看到屋顶上的杠子，伸手蹿上，一口气做了百多个引体向上，感觉舒服了不少！晚上，他接到一个陌生号码发来的短信。

千万别回住处！阿小。

莫名其妙？小童拨了阿小手机，一直是关机状态……他又拨打那个短信号码，也是无人接听。

怎么回事？难道小哥那里出了什么事吗？想给拳馆打个电话问问鸣哥，一想到之前发生的事就犹豫起来，想着想着，一阵倦怠袭来便沉沉睡去……

一夜多梦！

自己被生料带缚住手脚，即将溺死在玻璃水箱中，仓井不急不慌，拎着鱼竿围着水箱走来走去地看着自己，像在观察一条没见过的鱼……还有更过分的，他点上一根烟，把手中的鱼竿往水箱里甩啊甩啊甩，直到钩住了自己的嘴唇，虽说不痛，还是流了很多血，水都变红了！仓井很兴奋，像个淘气的男孩，他手舞足蹈地扯着鱼线，当然扯不动啦。扯累了，他又跑到柜子那儿，翻腾出一台粉红色的宝丽莱相机，拍下了血水中濒死的自己！

自己被黑丝带蒙眼出战泰森，现场裁判竟然是小丑打扮的阿小，他把黑丝带给勒得紧紧地，还处处护着泰森！两个人不知打了多久，都躺在拳台上耍赖不肯站起来，黑丝带都自己绷开了，眼见举牌女郎款款而来，天啊！上面的数字是 101，难道自己跟泰森大战了一百回合？有可能！因为一直赢不了自己，怎么打也不痛嘛，泰森气得大哭，不停地用脑袋撞击着围绳，阿小就抱住他一边拍着后背一边安慰起来，活像在哄一个三岁小孩。泰森用力咬了阿小的耳朵，还大声嚷嚷着，说宁愿做个失痛者，蒙眼出战被人打，也不想被阿小抱在怀里安慰！

玻璃水箱哗啦啦地崩塌粉碎了，自己跟着玻璃碎片倾泻在地上，像鱼一样地吐着水眨巴着眼睛呼嗒呼嗒捯气，空间里出现很多鱼，都像鸟那样飞着，还长着又长又尖的怪嘴，仓井抄起一把大渔网，只顾自己搂鱼玩儿，他边搂边笑边笑边搂，一会儿就搂满一网子鱼！这时飞来一条人面大鲨鱼，它和仓井头顶住头，两个老家伙竟然玩起顶牛儿来！

更离奇的是，他梦到自己变成了动物，应该是头雄狮吧！反正一路上很多不认识的怪东西都喊他森林之王！不明白那些怪东西怎么认得

森林之王呢？好吧，就当自己是森林之王！森林之王觉得四肢麻软饥渴难当地迷走在一个很怪力很魔瘴很阴森恐怖很危机四伏魍魅出没的地方……怎么形容这里呢？算是个妖兽都市吧！天昏地暗肮脏混乱满目废墟的妖兽都市！这里所有的妖兽都对森林之王极度热情，走到哪里都有一些半妖半兽冲他大喊大叫：森林之王，你头上的毛发好帅啊！身上的虎斑也不错，扯下来准能做成虎皮大椅子，做个虎皮大衣也很酷……莫名其妙！虎斑？哪来的虎斑呢？我应该……是头雄狮啊！森林之王皱皱眉头，他们的热情让他有些不知所措，自己灰头土脸疲惫不堪的样子他们看不到吗？他很疑惑，不知他们的话是真是假。你们知道森林的方向吗？森林之王客气地问道。去问河边的青蛙！一个小怪兽爽爽地妖道。对对，一定去问河边的青蛙！他们知道你要找的方向！一群小怪兽跟着妖哄起来……无奈！森林之王只好耷拉着尾巴往河边走去。嗨！森林之王，你要去河边找青蛙问路吗？一群长着三臂六头的九眼怪物挡住去路。你们怎么知道我要去河边找青蛙问路？走这条路就是去河边！去河边都是找青蛙问路的！哦！原来是这样……我在找森林的方向！千万别问河边的青蛙！一个满脸流着黏液的老怪神情严肃地对他说，听着竟有几分语重心长！对对，千万别问河边的青蛙！九眼怪们摇晃着臃肿的躯体黏糊糊地妖叫着。噢……上天入地！他现在觉得，好像只有河边的青蛙才知道森林的方向似的……森林之王仰脖打了个闷喷嚏，抖抖毛发接着走了。去问河边的青蛙！千万别问河边的青蛙！耳边不停回旋着那两句上天入地的话，他头重脚轻地来到一片被废墟围裹的河边，真有两只青蛙，一小一大，样子像一家人。唉！总算遇见正常的了，他觉得自己忽然来了点精神，走上前客气地问道：你们知道森林的方向吗？

你真幽默……这就是森林！

小青蛙嗲声嗲气地嚷嚷道。

听到这句话，森林之王眼前一黑，脑袋嗡一下。

他骗你的，他总是在这骗人，这样真不好，这不是森林，这是自来水厂，我们守在这，专门消灭那些水蛛，它们没完没了地繁殖细菌……

大青蛙妖声妖气地说着。

啪叽……咕噜！小青蛙一口吞了大青蛙。

森林之王看得毛都竖起来了，眼睁睁地吞下去了，吞哪去了呢？他头大眼涩口干！

你干吗吞了他？

森林之王惊涩涩地问道。

因为他骗你，说什么自来水厂繁殖细菌之类的废话。这就是森林！还有什么快问？

那……你知道我是谁吗？

当然是只蛙！难道还是猛虎雄狮？

小青蛙妖声妖气地说。语气透着无所不知的无知。

我就是一头雄狮！

嗨嗨嗨嗨……你不是幽默，你是爱做梦！上帝说，能和我们聊天的就是蛙！只不过，你长得高高大大还有毛发，是只挺帅的蛙，哈哈哈别做梦了大帅蛙！

口干眼涩头大！森林之王蹭了蹭脚下的淤泥，往前探探身想喝口水。

哎！别喝！

小青蛙厉声妖道。

为什么？

森林之王打一激灵，惊诧地问道。

嘘……水里有毒！

说完，小青蛙张嘴灌了口水，仰脖漱了漱口咕噜咽了，神清气爽地看着森林之王，发出哇哇的妖叫声！

头大眼涩口干身子也软了……无奈，森林之王轻轻闭了会儿眼睛。

睁开眼睛，小青蛙已不见踪影，森林之王小心地往前挪动着，半晌，终于站到了水里，一种久违的温润澈骨沁心，让他有了想哭的冲动，探头看看水面，那些河边的废墟倒影在河里不知怎么就变成了森林，有阳光和露水、斑羚和野兔的森林……是幻觉吗？他又看看水面上自己的影子，他瞪大了眼睛，他看到自己变成了一个狮头虎斑的大青蛙……噢天呐！他再也没了半点力气，一屁股坐进了水里……

上午起来，小童觉得自己轻飘飘的，估计是那些乱梦给做的！打了一阵空拳，身上有些分量了，顿觉饥肠辘辘。想找点吃的，自己一直没怎么回半坡这里住，翻了半天，除了几袋过期的鲜牛奶，连生鸡蛋都给喝光了啊！

唉，好惨！

小童念叨着，想要出去买点东西，一摸口袋，嗯……掏出了那张卡片……

说是在纽约有一个艺术家，他用拳击手套蘸满了墨汁，在一块大画板上疯狂地击打……嗵！嗵！嗵嗵！泄愤……

哎，天底下那么多事，你怎么就选择做了拳击手呢？上次的比赛你被打得满脸是伤，看着都心疼……

噢，我自己都不知道痛，所以……

你不痛是你的事。我心疼……是我的事啊！

这东西注定要伴着我，成为我的一种技能。叔叔说，有技能不难，难的是……有技能的人，总想超越自己！所以，多半都是苦的……

▸◢柠檬扒房

小童坐在舒适的沙发上四下张望着，对面坐着那个叫柠檬的女孩。

小童：这店，是你的？

柠檬笑了笑，忽然想起什么，向小童一伸手。

柠檬：把你电话给我。

小童拿出手机交给她，服务生端过来一份牛排放在小童面前，又倒了杯红酒给他。

柠檬：你吃。

小童：这酒……像是真的！

柠檬：当然。玫瑰酒庄的年份酒……这里全都是真的，除了我……的名字！

小童快速地切着牛排吃，时而抬头看看。柠檬拿着两个手机熟练地操作着，很快，她举起小童的手机在他面前晃晃，盯着他笑。小童刚吞了一大口土豆泥，一看手机脸就红了。屏保已被她换成了那张自拍照——小童眼睛微闭，侧脸嗅着柠檬的长发，样子很是陶醉。柠檬见小童难堪，得意地笑道：怎么样？

不怎么样！小童把脸扭向一边，接着吃。

柠檬：你吃东西……够狼的！

小童：我一天吃一顿，饿！

柠檬：喔……还是饿狼，那个……新闻上的那些事都是真的？

小童：算是吧！

柠檬：你为什么要打假拳呢？

小童：那不是假拳……

小童想想又摇摇头：好吧！想赢。

柠檬：还是输了！

小童：没有，还没到最后！

柠檬：不是说……都被禁赛了？

小童：禁赛是有时间的，嗯……你不懂。这牛排真好吃！

说着，他喀什喀什地干掉了刚切下的一大块牛排。

看着小童的饕餮吃相，柠檬就忍不住想笑。无奈！她走到里间拿了笔记本电脑出来，一边摆弄一边聊天。

柠檬：喂……《小可爱与拳击手》……看过吗？

小童摇头。听都没听过啊！

柠檬：说是在纽约有一个艺术家，他用拳击手套蘸满了墨汁，在一块大画板上疯狂地击打……嗵！嗵！嗵嗵！泄愤……

小童：泄愤？

柠檬：对呀……气大了……对着墙砸呗！男人不是总爱这样吗？

她绘声绘色地比画着，样子很像男人泄愤。

柠檬：砸着砸着……一个作品……嗵！砸成了！

小童：拳击手套蘸墨汁……泄愤……酷哦！

柠檬：是可爱！

小童：可爱？

柠檬：超级可爱！

小童：超级可爱？你喜欢？

着道儿！柠檬点点头，盯着小童嘻嘻地笑。

柠檬扒房的庭园里，几张厚重的白色大画板已经立好了，柠檬折腾着墨桶和毛巾之类的备用品。小童戴上护目镜，又试试柠檬准备的拳套，觉得不合适，只好换上自己的。一切就绪，柠檬调出《小可爱与拳击手》的画面，两个人看着纪录片研究起来……

一天砸下来，两块画板！

留下的是数个大洞和数不清的黑疙瘩，根本没出现一点那种狂草般的艺术范儿。

倒是他们两个身上的墨点，喷溅的颇为自然洒脱。站在画板前呆呆地看着，柠檬贴近小童，几乎靠在了他的肩膀上。

柠檬：你的力量……确实比艺术家大很多哦！你这是真砸耶！

哦！又是那个发香。

小童：嗯……对……不知道……

柠檬眯起眼睛看看小童：我知道了，喝点酒，激活你的灵感，然后……

小童嗓子发闷，喃喃地问：喝点酒？然后？

柠檬：对……去喝酒！

小童：嗯……喝酒……

柠檬拉着迷糊木讷的小童往里面走去。

两个人坐在阳光吧喝酒。

柠檬：哎，天底下那么多事，你怎么就选择做了拳击手呢？上次的比赛你被打得满脸是伤，看着都心疼……

小童：噢，我自己都不知道痛，所以……

柠檬：你不痛是你的事。我心疼……是我的事啊！

小童怔了一下，然后扫了一眼吧台上那些斑斓的酒瓶。

小童：我做拳手，跟一间酒吧有关，我那时在酒吧里调酒……

柠檬：啊？你还会调酒？

小童：嗯。

柠檬：呵呵……你看起来……很笨的！

小童：你不相信？

柠檬点点头，面露俏皮。

柠檬：也许……大概……要不然……

她做了轻微的手势，小童即刻意会。他脱掉帽衫，进了吧台，熟练地摆弄起酒杯和酒瓶来，还把调酒器拿在手里玩着花样。柠檬盯着角色转换的小童，眼神流露些许痴迷。不过，并非出自小童调酒时的酷劲儿。

酒杯下，一束火焰燃起。

……

某些时光。

小童嘴里斜叼着烟，正在调制一杯鸡尾酒，他心不在焉地四处看着，酒吧里散坐着一些客人，还有刚刚卸掉潜水装备的人翻仰在沙发上等着上啤酒。这时，叔叔带着一个朋友从吧台前经过，走向里间。小童看看来人，是个脸很瘦身材很结实的中年人，他穿着猎装，领子立得很高，戴着棒球帽，帽檐压得很低。

叔叔和那个朋友在里面聊了很久。

天刚蒙蒙亮时，小童在海边的小码头集市上取海鲜和杂货，这是他每天的活。父亲遇到海难后的几年里，小童的生活都是在镇里开酒吧的叔叔和那些乡里邻居老渔民们照顾着，好不容易熬到十八岁，就在叔叔的酒吧里帮忙做事了……小童正把货物往三轮车上装着，忽然看到了来酒吧的那个中年男人背着大包急急地走向码头一隅，小童透过货摊时隐时现地看着他。一会儿，有一个衣着入时的女人跟男人会了面，两个人只说了几句话，男人就把大包交给她，然后匆匆告别而去。

接下来的几天，叔叔和那个朋友一直在里外忙着一些事。有一次，叔叔让小童帮忙抬东西时，随意地给小童介绍了一下：这是健叔，这是我侄子。

小童看看对方，感觉自己怯怯的：健叔好！

健叔笑笑，小童算是第一次看清了他，感觉健叔酷酷的，脸上有一道疤。

没过几天，酒吧过厅里面的空间被打造成了一个微型拳馆。

小童和吧台的伙计阿祥正在忙活着酒水。

阿祥：你知道那个帽子哥的事吧？

小童：帽子哥是谁？谁是帽子哥？

阿祥：你叔的死党啊，我们都叫他帽子哥啊！跟你说，他可是个出色的拳击手呢。

小童：你怎么知道的？

阿祥：那天，你叔跟他喝酒，我伺候他们，就在那个位置。好像……他还在日本和菲律宾打过几年职业拳赛，酷吧？

小童：打拳击……应该是老美最厉害吧？他们高高大大壮壮的。

阿祥：你小屁孩真不懂，那玩意儿分十几个重量级别的，跟高大壮真没关系。

夜晚，小童被一阵嗵嗵的响动惊醒，他站在二楼宿舍的围栏处，隐约可见小拳馆里边影影绰绰，声音就是从那传来的。

小童走近拳馆，健叔正在挥拳击打沙包。他只穿了一件超窄的运动背心，露出臂膀凸起的肌肉。从后面看击打动作，即使不懂，小童也能感受到那种雷霆般的气势，他看得呆住在那里。健叔停手，头也没回说了句：进来吧。

小童怯怯地迈进房间：帽子哥……啊健叔。

健叔笑道：没事，他们都这么叫。

小童走进来四处看着，觉得什么都新鲜。那些乌黑的组合器械，吊起的红色沙包和梨球，还有各色拳套看得自己面红眼热，觉得这是一个让人着迷的世界，他喜欢。也不知道该问健叔什么，就低声说了句：打扰了健叔。

正在不知所措，门口进来两个样子威猛的青年，其中一个冲健叔招呼道：健哥，我们来了。

健叔：好，辛苦了。

两个人走近屋内，小童莫名地感到有种逼人的戾气，转身准备出去，一不留意和后面的青年撞了一下肩膀，他觉得自己撞上了一堵墙，又厚又硬的。

健叔一直在训练那两个青年。他们每周来四次，每次都是晚上八点开始，从不耽搁，一直练到酒吧打烊就结束了。

晚上，客人不多时，小童就在吧台里练习调酒，有空他就往拳馆那里观望。那个地方正好与吧台斜对角，中间隔了一段天井通道，堆积着酒吧的杂物。

有时，小童会借着给他们送酒水的机会站在角落里看一会儿。他们打得很凶猛，小童看得热血沸腾，时间一久，他也记了很多基本动作和拳架，有时没人他也会自己回想着打几下，渐渐地感觉有点着迷。

这段时间，酒吧里经常有人来找健叔，多半都是下午，客人很少的时候。来的都是陌生人，看上去像是老板之类的人物。健叔总是坐在靠墙的固定位置，客人坐在靠窗的座位，叔叔偶尔也会过去加入谈话。凭直觉，小童感到他们谈的是一些隐秘的事情。

有天晚上，健叔不在，小童自己进了拳馆。他戴上拳套，围着沙包做了几个拳架，然后深吸一口气，一拳直直地打向沙包，哎哟！小童闷闷地喊了一声，觉得手腕不对劲，但也感觉不到痛。他轻轻地活动着，喘息着。

——伤着了吧？

健叔不知何时已站在他的身后。

小童：没、没事。

他抓过小童的左手，示意着打了两拳沙包。

健叔：不能直击，手臂走弧线，手腕向里扣，带角度击打。

说完拍拍小童的肩膀：好了，我劝你还是少碰这东西，会伤人的……

他说话的声音很低，小童却感到很犀利。

两个月后的一个下午，酒吧里忽然冲进来十几个陌生人，他们七吵八嚷地把各处搜索了一遍，分别把叔叔和健叔围起来，给他们戴上手铐。小童出外取货刚刚进门，看到这情景完全呆住了，叔叔冲小童只说了句：照顾店啊……就被戴上了头套，有人伸手摘掉了健叔从未摘过的帽子，给他也戴上了头套，两个人被一群人压出了酒吧。

接过小童递来的酒杯，浅尝了一口……看得出来，柠檬依然沉浸在小童的讲述里，她缓缓地把脸贴近酒杯，盯着醇美的多重酒色，面带迷离地问道：叔叔走了，你怎么办呢？

小童：我变成了小镇里最忙的人，得学着打理小店啊，还多了一件事……

柠檬：打拳击？

小童：对，我记得镇里有个小渔村，那里的海沙白白的，细得像面粉……

晨光下的沙地泛着青白色，小童卷起裤脚在练步法。

夕阳，小童沿着海岸线飞速奔跑着。

夜晚，小童在拳馆里击打着沙包，汗水浸透了全身。

……

午后，一脸疲惫的小童在酒吧里看拳击比赛录像，二三个伙计围在他旁边指手画脚地议论着。

阿祥趴在吧台上，正用一大袋冰块敷脸，他的左面眼角和嘴唇都是红肿的，他盯着电视里的拳手，又看看小童。

阿祥：我 fuck，这几拳打得太像你了。

小童：不像！

阿祥：靠，你昨天就是用左摆加右直把老子打成猪头的。

小童：就是不像！

阿祥：哪里不像？一模一样的……

小童：我没他那么狠。

阿祥：我靠他是拳王，你那么狠老子还有命吗？

小童：要不今晚给你戴头盔？

阿祥：哎少爷，打我很来劲吗？能拿金腰带吗？啊？

小童：你自己说的，陪我打一个月对抗，给你算加班，有钱拿，就算为钱……

阿祥：停！停！咱们换换，我打你，给你钱，行不行？

小童看着阿祥无辜的样子，偷笑着道：挨点打，有钱拿，大不了变猪头，值啊！

阿祥气得抡起冰袋追打小童：你个臭小子，戏弄老子……

晚上，阿祥先进了拳馆里面，他把头盔和护具穿戴得密不透风，站在沙包前吭哧吭哧地打了一会儿，很快就停下来喘着粗气，自言自语道：虽然损失点钱，但是能痛扁少爷一顿……嘭嘭……感动！耶！

小童走进来笑道：穿这么夸张？又不是我打你。

阿祥立即摆出一个拳架：哎你这种小屁孩呢……随时都会变卦的，我要是没个预案什么的哪行，真当我猪头啊？

说话中，小童已经戴好了拳套，他冲阿祥笑笑：说的也是……

嘭……砰……阿祥肥硕的身躯扑通倒地。

阿祥躺在地上喊叫着：哎哎，小屁孩，说好了我打你给你钱的吗……

小童：是啊，看你准备得这么好，我就变卦了……来吧，起来打我呀……

阿祥冲上来笨拙地挥拳开打，不管他用了多大的劲，小童也不防守，任其击打，只是偶尔地，会变变卦……

那阵子，两个人都是鼻青脸肿地白天干活，晚上开练。

午夜，酒吧打烊后，他们关好店里的灯，坐在门口台阶上喝了一堆啤酒。

阿祥：照这么打下去，得给你找个陪练了。

小童拍拍他肩膀：不用，有你就够了！

阿祥摇晃着跨上自己的破单车，嘴里嘟囔着：不是啊，只怕你还没有见过金腰带，我就先挂了……

说罢，他摇摇晃晃地骑车离去。

要是没有拳击，那段日子我是绝对撑不过去的……

喝了口酒，小童看着柠檬说道。

柠檬把弄着手里的空酒杯，痴痴地盯了它好一会儿。

柠檬：酷啊……拳击手的来历……真的很酷！

小童：这东西注定要伴着我，成为我的一种技能。叔叔说，有技能不难，难的是……有技能的人，总想超越自己！所以，多半都是苦的……

他仰靠着椅背，望着顶灯上那些乱撞的飞虫。

——我……只想做个职业拳手，简简单单。

小野君啊……要挺住啊！现在是你小野君的黑暗期啊！

可是，当初的勇气和力量像是别人身上的，自己只能远远地看着。来日苦多啊！

上场前，小童脱掉外衣，只穿了贴身的迷彩背心，他咬破了手指，然后慢慢地把血迹涂抹到脸上，和那些墨点混合起来，冷酷地走上了拳台。

⦾ 逆战

黑雄违禁停赛后一蹶不振，他嗑药成瘾渐渐毁了身体。现在，他连一天的赛前式训练都扛不住。试了几次，不行！筋骨肌肉痛彻钻心。他沮丧啊！内心如野兽般嘶吼着。可是，当初的勇气和力量像是别人身上的，自己只能远远地看着。来日苦多啊！简直生不如死，内心的痛苦卷挟着肉身的痛楚，黑洞洞压向他，吞噬着残存的意志。

——小野君啊……要挺住啊！现在是你小野君的黑暗期啊！

他常闭起眼睛对自己这样说。

可是，一睁开眼，一阵阵眩晕袭来，依然找不到出口。感觉刺喇喇地……崩溃！

一个拳手遭遇毁灭性打击后，往往会跌进自卑的深渊，仇视一切，行为偏执，暴力无常。总这么着哪行啊！他想。

——小野君啊，你得给自己找个出口啊！

他眯缝起眼睛，望着窗口投射的光影闷闷低语着。黑雄在外面总是语塞，他爱跟自己说话，估计是容易走心。这段时间，黑雄开始光顾地下拳场了，打打黑拳，找找刺激。说实话，凭借着拳王的名头，还真是赚钱不少。

在家时，他总是在清醒后先去照看阳台上的一盆雏菊花，为它小心仔细地浇水和修剪基叶，还和那花絮絮叨叨地说着话，像是这样会让自己感到安心。

中午，他在自家院落那个小小的天井中静坐。阳光一缕缕，照耀在黑雄宽阔的脊背上，他赤裸上身，露出凹凸的背肌和一道道汗渍流痕。

有时静静祈祷一动不动，有时轻轻抽泣，厚实的双肩微颤着，嘴巴不停地低吟着什么……或者，低声地骂着什么。

——那些大人物都是狗娘下的蛋，这世界到底怎么了？×的，上流社会很下流啊！小野的金腰带是被那些大人物活活抢走的，就差拿枪指头了。唉！藏在暗地里的小人们……都是京都地沟里的老鼠群，把它们赶出来可以吗？赶出来只怕是杀也杀不完啊！

他边骂边挥动双手，拳打掌劈着。

——老虎也有打盹儿的时候，哼！我小野到底着了谁的道儿？挡了谁？败给谁？我的立锥之地呢？说是与人斗其乐无穷，你他×斗斗小人看？你斗不了也杀不完啊！有本事出来明拳单挑啊！出来啊鼠群……你们敢吗？

黑雄骂了世界上的小人，转而骂起媒体来。

——×蛋的体育频道，老子得意的时候，整天像苍蝇一样围着转，那些记者都是恶心的跟屁虫，采访报道还得给老子擦鞋呢，都是他×假的，卑鄙下流搞噱头，唯利是图的家伙们，放水赌拳坏事做绝了！×蛋的记者，×蛋的媒体，一群乌合之众……

黑雄嘴拙，只擅长闷声不响地K人，也不知被谁给逼成这样。正骂得起劲儿，实木大门被哐当一脚踹开，五个凶煞的大汉冲进院内，他们哗啦啦一下把黑雄扇形围住，抡拳便打。这下好了，黑雄骂得面红耳赤没处撒气，一个K五个，长拳短打肘顶膝撞全招呼上了，倒也没吃什么亏……正打得起劲儿，门口又冲进来四五个人，领头是个瘦弱的男人，眼睛很有神。

——停！停停停！

所有人停下，那人走近黑雄。

——我说小野君，我是让你骂人了，可没让你骂电视台的人呀！这要是播出去啊，可能会惹麻烦的……还有喔，你是一个前拳王，不能乱打，你打人也要打出从前的……这个拳王的风采来呀！

——他们是一群凶狠的歹徒，我必须打得落花流水才行啊，要是像拳台上打那么专业，不被痛扁才怪哩！

黑雄闷笑着说道。其实，街头激战也算黑雄的看家本事呢，在做到拳王之前，人家可是有过更大场面的传奇经历哟！后话再提。

——嗯，你这样讲也有道理，其实刚刚打得也是很精彩，只把骂电视台那段剪掉就可以了。这一段的标题可以改成：昨日拳王……虎落平阳被犬欺！好……精彩！观众就爱看名人倒霉时的样子不是吗？好吧，我们完成了，谢谢小野君！

此人倒是好说话，也许是应付公干也说不定。一众人围着黑雄拍照拥抱，呼啦啦散去……剩下一个人塞给黑雄一沓钞票。

这是一个三流电视频道制作的真人秀节目，说是有人授意找到黑雄，他倒也并不介意，有人打还有钱收，干脆把自家院落也租借给对方做了拍摄场地。

本地最大的黑拳场就藏在京都料理的地下。

这是一个隐秘的黑暗空间，里边分为上下两层结构，有两个特殊的玻璃拳台，它们被四根粗大的钢索悬吊在半空，拳手在上面打斗时整个台板都会随之晃动，危险刺激。

刚刚打赢两个拳手，黑雄坐在那休息。这时，一个手拿雪茄的男人在他身边坐下，他眨巴着小眼睛和黑雄搭起讪来。

雪茄男：嘿，拳王，跟这些人打，是不是很无聊啊？

黑雄斜瞄了他一眼，不置可否地哼了一声。

雪茄男观察着黑雄的反应，接着道：对你来说，这就像街头打架吧？

这世界到底怎么了?

× 的,上流社会很下流啊!

小野的金腰带是被那些大人物活恬抢走的,就差拿枪指头了。

说是与人斗其乐无穷,你他 × 斗斗小人看?

你斗不了也杀不完啊!有本事出来明拳单挑啊!

出来啊鼠群……你们敢吗?

他们是一群凶狠的歹徒,

我必须打得落花流水才行啊,

要是像拳台上打那么专业,不被痛扁才怪哩!

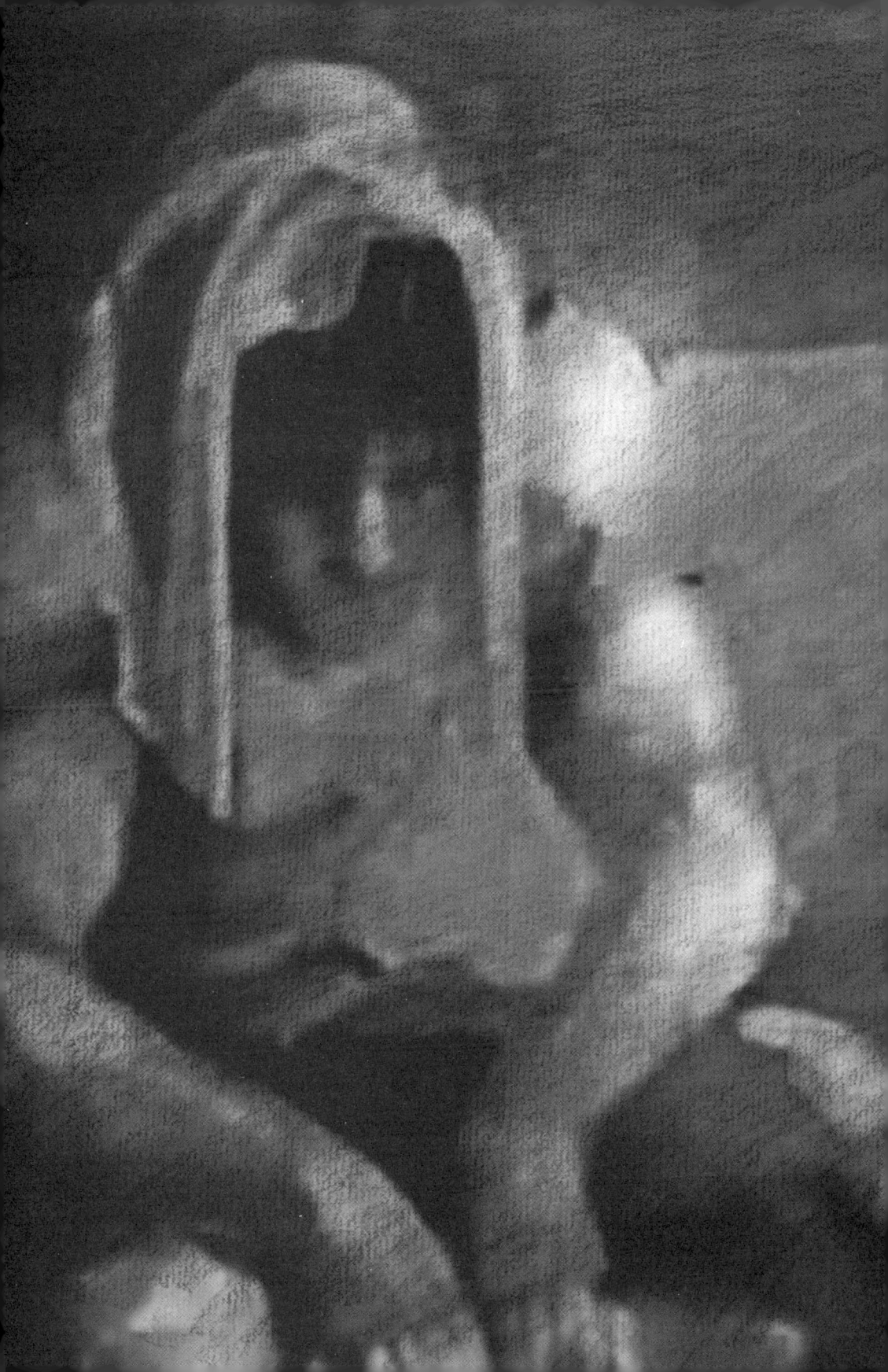

遇到那些混混仔，只怕三五个也不是你的对手吧？呵呵……

黑雄闷闷地说道：你话太多了。

雪茄男好像更有兴致了，他又凑近了一点：抱歉，我听说，环球馆的那场挑战赛以后，拳迷们都说新兆是个不可战胜的拳手，啊不，是拳王！

黑雄听到这里皱起眉头问道：不可战胜？

接着，他略显深沉地说：那是神话。

雪茄男：对吧？要说小野君你不可战胜我倒是相信……

黑雄浅浅地笑笑：你说的也不是人话！

雪茄男：呵呵！那些拳迷，又狂热又愚蠢，你拿了金腰带，他们就把你当神，你丢了金腰带，他们只会吐你口水，愚蠢至极。

黑雄：对，这是人话！

雪茄男：虹馆的争霸战，我是压你赢的……哎！要是没有那件事啊，你会夺了金腰带做了新兆对不对？

黑雄：事不由己，新兆不也出了状况吗？

雪茄男：何止，他可是麻烦不断哦！

黑雄点点头面露兴致。

雪茄男：你看，先是头撞八扎被禁赛，接着在橘子吧吸毒打人，他老爸花了很多钱才把他捞回来，自己还以为没人敢碰他呢……

黑雄又点点头。

雪茄男：还有哇，在一鸣拳馆丢人现眼的事你该知道吧？被那个奇怪的中国小子打得口吐鲜血……

黑雄开始显得有几分无聊了，他觉得雪茄男只能说些自己都知道的事。

雪茄男眯起眼睛靠近黑雄：说到这儿，我真得给你爆个料，那个……

那个中国小子要来了……

黑雄：那个失痛人？

雪茄男用力地点点头：来势凶猛啊，他还说谁是重拳就找谁打……

黑雄：他不知道我在这吗？

雪茄男：这里除了你……还有重拳吗？

他装作很义愤的样子，抽了口烟反问了一句。

雪茄男：听说他不怕打，像一部机器，他是个木头人！呵呵呵呵……

黑雄：嗯？那得看遇见谁！

雪茄男见火候已到抽身离开，他穿过走廊进了一个隐蔽的房间里，那里有三个人正喝着酒等着他，雪茄男坐下看看他们双手一摊：接下来，看你们的了。

三人中有个年纪较大戴眼镜的人伸手拍拍旁边面相凶狠的家伙：哈哈，我说过吧，煽风点火找他没错，尚志，让拳击超人出战就是你的事啦！

尚志：嗯，让我想想，他和新兆那档子事一出来我就知道，把他弄来绝对有大彩头……我还给阿小打过电话，你猜他怎么说？他 × 的，他说死也不会让他来这，还说他们要打职业拳赛了，叫我死心……可那帅小子打完排名赛又来了一次，说只打单场还要拿最大黑金，没办法，我只好给他安排了二 P，那天他要打两场，咱们红注就涨嗨了，他不是个好控制的主呐！

现在行了，阿小他们都闭嘴了，你放胆去做就是……

另一个脸上长着白癜风斑块的怪异男人，还做了个胶带封嘴的动作。说他怪异是因为他的嗓音像极了电影里的太监。

尚志：是吗？还是大哥做的绝，呵呵，那我就有办法了，他怎么都得来了……

黑雄又上场了，对手是个黑人拳手。黑雄的拳依然是重锤，虽然位移略显缓慢，但招数动作还是很厉害。黑人拳手被打得嘴角挂血，视线模糊地乱撞着，黑雄一记凌厉的右勾拳将他击倒，一股血柱随之喷出……

在拳迷俱乐部酒吧离开小童，阿小上了一辆"的士"。他不时地催促着司机，无奈！正是高峰时段，世界都在路上。

有急事儿，你快回拳馆来……

耳边一直是鸣哥急呼呼的声音！能出什么事呢？有人受伤？我回来没用啊！拳馆被查封？不至于啊！新兆又来闹事了？也不像啊！琢磨着，阿小还是回拨了鸣哥的号码，手机关了，电话也没人接……

车过商业区，一个无比炫丽的巨幅广告吸住阿小的视线——大阪世界啤酒节！噢天……又忙忘了！人为什么总是这样？忽视自己亲近的人？不顾他们的感受？总觉得该把事情忙出个头绪，等有了好结果再和他们分享，他们便会理所当然地体谅自己！其实，有些事一旦错过，想补救都来不及啊……哪怕只是一个电话！

哎……我订了明天的新干线，中午就到……嘿嘿，怎么欢迎我呢？嗯？

阿小赶紧拨通了林琳的电话，生怕再被什么事给错过了。

噢……是真的吗？我现在……不太相信你的话！尤其是电话……

林琳平静地说着，至少没让阿小听出半点热情。

嘿！生气啦……上次，真的因为拳赛走不了，拳赛……现场上万人……就那种万人大场面……你知道……打得……相当激烈……相当激烈……

阿小故作轻松地解释着。

我不知道，我也不想知道啊！我就知道自己怀孕了都没人照顾没人管，在医院里给你打电话你都忙得没时间接听……

阿小觉得眼前一阵模糊，他眨巴眨巴眼睛回了回林琳说的话。

阿小：怀孕……医院……什么时候？

林琳：都过去了……孩子已经没了！

阿小：孩子……什么时候？

林琳：那天，我正在医院，给你打电话……你说没空……

阿小：那天我也在医院，可你没说你也在医院啊，你也没说你怀孕了，你更没说你正要打掉我们的孩子啊！

林琳：我说了！本来是很犹豫，可是啤酒节快到了，我这份工作不能丢啊！我能指望你养我吗？养我们俩？可我……还是想告诉你，如果那天……唉！算了，都过去了！

一阵海风袭过，林琳的长发混乱地缠绕在脸上，人显得越发的憔悴。她疲惫地站起身，出神地望着海边的城市夜色。恍惚中，她觉得阿小从后面拥抱着自己，林琳转身靠在他的怀里，贴紧他的肩膀，无声地流着眼泪。她默默地点燃了一支烟，自己狠吸了一口，再把烟越过头顶递到阿小嘴边，他也狠狠地吸了一口，然后轻轻吻着自己的长发……烟，慢慢弥散着……

我们分手吧！
听筒里传来林琳干涩的声音……接着，挂断了电话。

阿小懵懵地回到拳馆，一进门就被扣上了头套，嘴巴也被胶带封紧。

黑暗中，他看不到也喊不了，只感觉控制他的那两个人力气很大，身上散发一股很重的汗酸，嗅一嗅，应该是那种每天训练流汗的人，积渍很深的气味。

小童正在往拳击手套上缝着布条，身上脸上喷溅的都是墨点，柠檬就围在他身前身后支招捣乱。他们试了两天才发现，那个艺术家是把拳套上面缝满了细碎的布条才能打出那个狂草般的墨点效果。

弄好了拳套，他去墨桶里蘸满墨汁开打，嘭嘭嗵嗵的狂抡一气，倒也打出点气势来，柠檬在旁边大呼小叫指手画脚，两人折腾得不亦乐乎。

小童的电话铃声响了半天都没听到。

打了一阵，两个人喘着粗气站在画板前盯着看。

柠檬：不赖呀！

小童：人家是创作，我们只会模仿还说不赖。

柠檬：真的不赖，我喜欢，我要把它放在店里最醒目的地方。

电话铃声响起，听着有些刺耳，小童一扭头，柠檬已经拿过电话打开了接听键，然后贴到小童的耳边，就一直举着。

小童：喂……

里面传出嘈杂声音。

小童：喂喂……

快来救我……啊……

怎么像是阿小的声音，然后是一阵惨叫。小童扭头看了一眼电话，是阿小没错。

小童大惊，急道：小哥，是你吗？怎么了？你在哪啊？

快来！救……啊……啊啊……

小童惊呆了，里面只剩下阵阵惨叫声，还越来越远……

小童惊得脑门渗汗：小哥，你快说你在哪里？快呀！

阿小说不了了，我来说吧，你听好……

电话里传来一个冷冷的声音，伴着阿小的惨叫声，让小童很揪心。

小童：你是谁？你把小哥怎么了？

那人不急不慢地说道：对你来说，我是谁不重要吧，阿小才重要，嘿嘿嘿，他赌拳，欠了钱，被我们……控制了，呵呵呵……

对方故意放慢语速，里面又传来阿小断续的叫声……小童急得涨红了脸，大喊着：不要伤害他……你想怎么样？

喷喷！还真是兄弟情深，不过现在呢……也只有你能来救他了……

在哪里？快说！

现在过来，他还能四肢完好，要是再耽搁……说不定……

快说在哪里？

京都料理，找尚志……

对方挂断了电话。

小童胡乱地摘掉拳套甩头就走。

你要去哪里？喂？

柠檬追到门口大喊着，小童头都没回地飞奔而去！

一阵吵嚷声从地下走廊传来：放开我，暴徒，你们是暴徒……

小童下了半层楼梯就看见了几个拳场伙计把一个被剥光了衣服的男人押出来，那个人蜷缩在楼梯转角处大喊大叫着，他低头看了看，绕过那人要进门，一个伙计挡住他：你找谁？

尚志。

几个人拥着小童进了拳场，里边两个拳台激战正酣，上下两层的围观者疯狂地喊叫着，一股带着杀气的狂躁扑面而来。

尚志打量着身上满是墨点的小童，跟身边的两个人说道：我怎么说的？拳击超人一定会来对不对？

小童盯死他问道：小哥在哪？

小哥在哪是我们的事，你该管管自己的事……哈哈哈，别急，这里的人……他们都想见识见识，狼人新兆打不倒的拳击超人，要是遭遇了移动之山黑雄会怎样？嗬嗬……呵呵呵……想想都刺激啊！

尚志兴奋地不停搓手。

我要怎样才能救小哥？

简单！三场！连打三场，就把你的小哥……还给你。

好，我打！

这么爽……那以后，咱们做搭档，一起赚大钱嗬嗬嗬……

你听好，你的场子我只打三次，第一次为我自己！第二次为一个父亲！这一次，为救过我命的小哥！

……

上场前，小童脱掉外衣，只穿了贴身的迷彩背心，他咬破了手指，然后慢慢地把血迹涂抹到脸上，和那些墨点混合起来，冷酷地走上了拳台。

黑雄在台下注视着他，看台上也有人认出了小童，乱七八糟地喊叫着。

拳击超人！真是拳击超人啊！是吗？那个中国小子？对！木头人！木头人！押他赢押他赢……押他行不行啊？押他赢傻瓜！他跟拳王都打过……押他错不了！他不怕打！对对！押他押他押他……噢噢噢！拳击超人……

8
逆战

小童死死盯住对手，那个拳手被他盯烦了，冲上来一通乱拳，小童的眼角和嘴角全部挂血了，但他一动不动依然盯着对手。又是一阵狂拳乱打，小童只晃晃身体，真像个木头人一样没反应，那个家伙焦躁地看看小童，又扫了一眼看台，他看到那些人都张大嘴巴等待着结果，一股噬血性直上脑门，他一拳直冲小童的右眼击出，小童的眼球在放大，眼见拳到，他一侧脸借助对手前冲之力一记下勾拳打中对手的左耳处，对手向右前倒地昏厥。

黑雄啪地砸了桌子一拳，面露快感，心里暗自叫好。

看台上一阵狂呼，小童面无表情地盯着候场的几个拳手：谁上？

这样连续打了两场……同样的过程同样的结果。

押小童赢的人都赚了，不敢押的人懊恼着，大家的胃口被他吊得十足，没有人见过这样的拳手。他总是任由对手攻击，到最后一拳撂倒对方，虽然他满脸带伤，却毫无反应，这对其他拳手也是一种捉弄……两场下来，人们已经把他当神来看，没人去想他为什么要这样，反正押他赢就赚钱，管他呢。随着赔率越来越高，押注也越来越大。

到了第三场，与黑雄的大战前，因为前两场的战绩，竟然有多数人押了小童赢。人们都被他谜一样的来历和打法所吸引。一部分铁杆拳迷还在笃信黑雄，他们谈论着两人的拳技，激动得差点两派互殴。这次是一赔三的赔率，拳注也升到了五百万。尚志他们乐翻了天，因为不管谁输谁赢，最大的彩头都在他们的手里了。

黑雄：看过我比赛吗？

小童：看过。

黑雄：知道为什么跟你打吗？

小童：这里没有真正的重拳，怕我失望？

黑雄：知道就好，不过，要是超出你的预期，可就晚了……

小童：想当终结者？

黑雄：这么个打法，会死人的，不管你痛不痛。

小童：要死，也是你死我活！

两个人平静地对视着，伴着那些叫喊的声音，似乎已经在心里开战了……以前从没想过会在这种地方与黑雄开战，到了这个时候，小童知道根本无路可走，反倒没了一丝的恐惧，心里冷静目光淡定。只有放手一搏才能救下小哥，自己还有什么可顾及的吗？没有了，拼吧！

小童忽然感到一阵异常的眩晕，晃晃头，那感觉又很快消失了，他皱眉想了想，就被一阵呼喊声打乱了头绪，也就没去在意。

黑雄穿着黑色无袖帽兜衫配运动短裤，看上去很健硕，很称他移动之山的绰号。他向旁边的两层看台挥舞着手臂，男女拳迷们兴奋地喊着他的名字，有些人把手穿过铁链子和他打招呼起哄，现场一片混乱。

黑雄先站在了拳台上，他脱掉上衣扔到台下，然后倚住围绳一角，仰头望着上方，静静等着小童。很快，小童也上了拳台，两个人走近撞拳然后分开，准备开战。

黑雄晃动着身体对小童说：脑袋震裂，肋骨震断，如果我杀了你……

小童盯住他的脸：这里……没有如果，只有结果。

啪！一记直拳正打中黑雄的嘴角，立即见血。

小童想得明白，这种黑拳场说是打拳实则打架，与黑雄对战，谁狠谁快谁占上风。

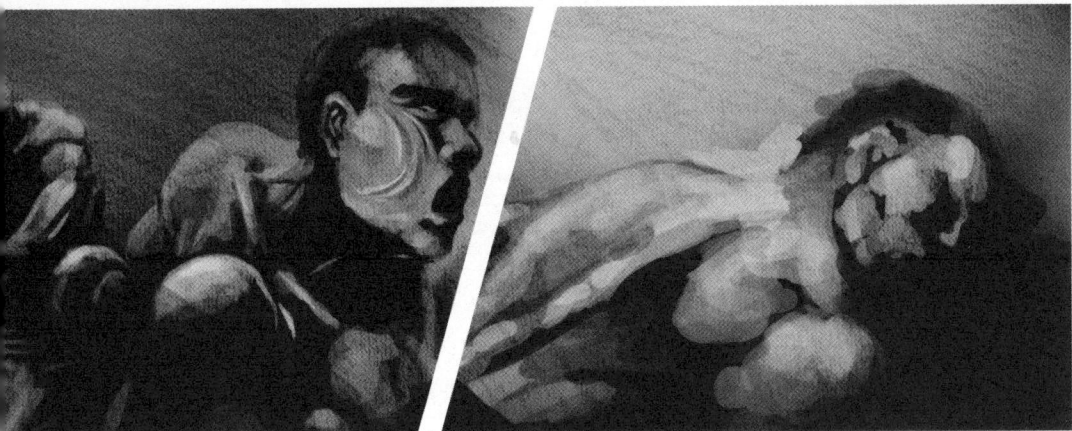

现场押赢的人们一阵狂叫，黑雄没想到小童会这么快，好像凝固在那，直到血流出，才猛地清醒过来，他横拳抹了一把嘴角的血，向小童扑过去。

小童知道黑雄的拳重，很快改变了打法，把防守做得密不透风，加上灵活的跳闪，躲过了黑雄几次猛攻，但还是有几次被黑雄的重拳震得飞靠在围绳上面。双方打得太过激进，观者一时间都瞪大眼睛呆看着台上缠斗的两人，就像看着关进笼子里的两头猛兽。

两个人打了十几分钟，都是满脸挂伤，赌客们却看不出来输赢的风向，纷纷在下面耳语着，胡乱猜测着。间歇中，两人累得大汗淋漓，黑雄的左眼已经被打得只剩一条细缝，满脸的痛苦，他用凶狠的表情来掩饰着自己。小童的嘴角和颧骨有两道血口流血不止，眼睛还冷冷地盯着黑雄不放，他抬手猛按血口自己止血，看得其他人心惊肉跳，他却如同冰人般没有丝毫反应……

两人重新开战。

小童晃动着逼近黑雄，他显得比对手更加轻松，黑雄已露出明显的疲态，有点硬撑的样子。

小童：快了，再挺一会儿。

黑雄：什么快了？

小童：你死我活！

黑雄一阵剧痛，歪着嘴角骂道：你 × 的……嘶……你个不怕死的……木头人……

两个人又打了五分钟之久，黑雄的移动和出拳明显变慢了，小童找到机会对他的右肋连击三拳，这对黑雄是灾难性的打击。自己最具杀伤力的右勾拳打不出来，一打肋骨就会撕心剧痛。黑雄靠在围绳上痛苦地喘息着，他用拳头上的纱布揉揉眼角淌下来的血水，摇晃着身躯逼向小童。就在此时，忽然地，小童觉得有种异样，自己瞬间没有了听觉。他扫了一眼四周，黑雄的拳迷们还在挥动手臂疯狂地叫喊着，可是他什么也听不到。这怪异的感觉让他心慌，又像世界变成真空了一样。小童勉强站在原地一动不动，黑雄观察着他也不敢轻易进攻，双方短暂地僵持了一下。小童晃了晃头，一种尖利的金属声破空而起，似乎要刺穿耳鼓般，他的眼前一阵昏花，之前那种眩晕更加剧烈地袭来，他感到自己要站不住了，就闭上了眼睛……

黑雄也看出了小童的异常，等到他闭上眼睛时，黑雄以为对方又在戏弄自己，于是决定抓住这个机会放倒小童，他一步跨向侧面，用尽余力打出一记迅猛的右手下勾拳，狠狠地把小童的身体打飞起来……

全场发出混乱的号叫声。

小童感觉到自己在飞……很轻。

金属长音还在耳中，眼前出现绚丽的光，混杂着闪耀的金星跳个不停。

怎么还不落地呢？

这是他最后的意识。

……

【9】绝顶之境

小童感到水的压迫，想挥拳，无力。他左右看看，水中有很多浑浊之物，他想浮上去，腿也无力，只能摇晃着脑袋，挣扎。

水越来越清了，他成了一个暗影，却什么也看不清，拼命地往上动着，摇晃身体，气息已耗尽，他感到就快窒息而死，索性闭上眼睛不再挣扎了……

幽暗中，有光在眼前闪动。

他缓慢吃力地睁开眼，看到父亲带着自己在沙地上奔跑，海浪铺过

沙滩又退去，留下他们的脚印。

父亲渐渐地消失了，剩下自己孤单地奔跑着，星辰日月，潮起潮落，他没知觉似的不停地奔跑着……

在那艘被拖回的破碎废墟上，他发疯地翻找着，手脚都划破了，道道伤口流着血，他不知道也不在乎！没有知觉没有痛，父亲走了，也带走了自己的一切……

他再次睁开眼挺了挺身，感到光在变强，没法想什么，用尽最后力气，小童要把骨头崩断了一样再一挺身……出水了！光太强刺得他睁不开眼睛，大口地吐气，一切都是模糊的，跟水里一样，只是能吐气了……

绝顶第一天。

从水里探出头，小童看到不远处有一小片草岛，连忙扑腾过去。他用手抓住一些草，把半个身子拖拽到上边，喘息了一会儿，又抬头看看四周，模糊地看到很多水很多草，远处还有很多树影，奇形怪状的很不真实。他伏在草岛上定神想着，这是什么地方？自己怎么就在这里出来了？是真的还是幻觉呢？混乱，想不清楚，渐渐地，眼前又开始变暗，然后就什么也看不到了……

……

鸣哥：蒙上眼睛封上嘴反绑双手再推进车里拉走，走了很远进一处铁门……里面阴暗潮湿散发着一股油墨味儿……周围很安静听不到人声吵闹也没有汽车喇叭声对不对？

阿小：嗯！看来是一个地方。不打你不骂你，不说话不要钱，按时送水按点喂饭伺候你三天三夜再把你扔回拳馆大门外……到现在我都想不明白……也不知道他们是谁到底要干什么。一回来，小童就出了这么大的事儿……

鸣哥：那天他们先控制了我，说是把你叫回来谈谈，事情就能解决……我以为是真的，就给你打电话了……

阿小：看我的那个家伙总是呼呼大睡，我蹭过去用他的手机给小童发了短信都没醒……

鸣哥：哇你够拼的，绑着手还能做这种事？哎，你说咱俩被绑……会不会……跟小童这件事有关？

阿小：有可能！嗯……先说说小童的情况吧……

呜哥：唉！我一接到电话就赶来了，医生说他……可能永远醒不了……

阿小：也可能很快会醒！对不对？

呜哥：这要看老天爷了，咱们怎么折腾都没用的，我劝你还是放弃吧。

阿小：放弃？放弃就一点希望都没了！

呜哥：对了，今天我一回到拳馆，新兆的经纪人就找我，又说要约战，在拳迷俱乐部的场子。说要打一场非常规比赛，这家伙真是可恶，死缠烂打。

阿小：你说什么了？

呜哥：我说什么了？我那时刚接了医院的电话，急着往这儿赶，找你也找不到，我能说什么？我什么也没说，要说也得你跟他们说啊！可这……人都这样了……

阿小：呜哥，答应他们，时间尽量拖后……

呜哥：啊？不是……你心情不好我能理解，但你不能没有理智……

阿小：答应他们，我说的是真的！

呜哥：是不是这三天……这三天把你关疯了？啊？这怎么可能？你……他……他这个样子……

阿小：呜哥，你听我说，你知道小童是个什么样的拳手吗？他失痛就想放弃比赛，给机会都不要为什么？

呜哥：不知道！你现在的话我不知道该去哪儿听！他不一直说自己还没准备好吗？要不就说怕！

阿小：不！呜哥，他说那样比赛就是对别的拳手不公平你见过这样的拳手吗？他从医院跑到黑拳场挨打受罪为什么？他被仓井折磨得死去活来为什么？他是个简单的人，他只想改变自己体能的异常做个好拳手去打公平的职业拳赛……他就这一个愿望，他说在天上的父亲能看到这一切……他挨打受罪为的就是这个，你见过这样的拳手吗鸣哥？所以鸣哥……别、别让这个世界跟他无关，答应他们……你就当小童什么也没发生！你就当他……一直在封闭训练。拼一下吧鸣哥……或许有救……啊？

鸣哥：唉……你这是，你这是跟自己较劲啊，你这是……

阿小：我知道我在做什么……拜托鸣哥！

……

温泉村第一天。

打开格扇门，院落里就是几个弥漫着蒸气流的天然温泉眼。半山之上，满眼可见山坳里的树木与河流，雾蒙蒙蜿蜒而下。

阿小把小童安顿在温泉村的疗养康复所里，这是一个医疗条件优越的山区温泉带，山水清幽，十分安静。

阿小站在门扇旁看看风景，对着床榻上的小童自言自语着：封闭训练，绝佳之地！土豆片儿，你不会让我失望的对吧？鸣哥等你回拳馆，新兆等你开战，仓井等着折磨你，拿出你的狠劲儿来吧……打不死的家伙……站起来站起来……站起来面对这一切！新兆你都不怕你怕谁？再说，我还得给你做饭呢……就那个变态的辣椒圈儿爆炒土豆片儿嘛，加豆豉的，还有骨汤拉面，醒酒养胃的……还有……还有很多很多好吃的……你个吃相难看的家伙，快回来吧！

阿小唠叨了一会儿，走进廊道找到康复护理师安排了一些事情就匆匆离开了……

房间内，护理师查看着小童的供氧情况，做了些细致的整理工作。

几个温泉眼无声地蔓延着气浪，周围的景物变得迷蒙起来……

绝顶第五天。

小童的衣衫已经撕开刮烂，光光的头皮上带着明显的红肿青瘀，脸上到处是划痕。他用一个长树杆撑着一个小浮岛，向一棵巨树划去。它在一片较大的草岛上，周围布满沼泽，一些大的水洞中，有鱼就在一两尺深度下游曳着。说是巨树，其实并不高，只是树冠大得可疑，枝丫肥壮肆意伸张，远看像一个藏满了秘密的蘑菇城堡，被绵麻的小绿叶包裹了上千年。

小童把远处的又长又粗壮的水草运到树下，做成很多草绳和草盖，再把一些枯树干搭起来，用草绳绑牢，慢慢建起一个栖身草屋。他无力去探测这片奇异之地到底有多大，反正放眼望不到边。此时，他正在用一块像斧头般的石片削着粗树干，把它制成锋利的鱼叉，既能叉鱼又可防身。除了抓鱼和睡觉，他几乎把所有时间都用来运草和搓草绳，好像那东西会有什么大的用途。

阿小回拳馆找到鸣哥。

阿小：都安顿好了。

鸣哥：封闭训练？哼哼！

阿小：对！那地方好极了。我要用你的面包车，运些东西上去。

鸣哥：干什么？你不会是……要搬去住那吧？

阿小：你别管了，明天给你送回来。

鸣哥摇摇头，掏出车钥匙递给他。

阿小：记住，比赛时间尽量拖后。

呜哥：拖不了，他们要下个月就打，我说三个月，回去商量了，还不知道。我觉得这事太扯淡了，你疯，我就得陪着，搞不好还要搭上拳馆。

阿小：呜哥，赌一把，这小子命硬。

呜哥：他不是命硬，他是命好，遇上你这么疯的朋友！

阿小：那我的命岂不是更好？

呜哥：你的命哪里好？

阿小：遇上你这么傻的朋友，陪我一起疯啊！哎哟……

呜哥呼地一拳打在阿小的肚子上。

回到自己住处，阿小开始忙活起来。他把各个角落的大小灯光设备都拆下来打包了，再把古董电视机录像机录影带装了两大箱，又打开一个破旧的笔记本电脑，拷了很多声音文件进去，配上一对小音箱……最后把几块白绸布和一捆塑料支架包在一起，装了满满一车的东西。

阿小启动汽车，一抬头吓了一跳，那个身材硕大的邮差像天外来客般地挡在车前，他把车窗又敲得当当响，阿小急躁地打开车窗。

邮差递上一个信封：武藏的账单……

阿小没好气地轰了一脚油门：武藏死了，他在美国，他死了。

说完，阿小开车走了，留下巨人邮差，神情怪异地望着阿小的车在面前掠过。

温泉村第三天。

古董电视机被放在床榻对面，不停地播放着各种拳手的比赛录像。阿小让护理师帮忙立起一个大支架，再把一张白绸布绷在上面。那是一片大海和天空的图案，还有几只海鸟在海面上翱翔着，也不知他是在哪匆忙印制的，很粗糙，却把整个空间和门扇都映得蓝晃晃的。他布置好这些景观后，关掉电视机打开电脑，一阵旷远的海浪声由远及近地从那对小音箱里飘荡开来，间或海鸟的鸣叫更有身临其境之感，把房间渲染得颇有几分意境。

站在门扇旁看着床榻前的大海，一阵风吹来，阿小面露迷蒙地转身望着床榻喃喃道：你这个土包子，一出生听的就是大海的声音吧，赶快醒醒吧！

晚上，阿小把那些灯和线接好，再把一块布满小孔洞的黑绒布蒙在架子上，然后开灯，一个闪烁着五彩星光的夜空立即包围了小童的床榻，空间里交织着蛙虫鸣奏，伴着浅浅的河淙溪流，清朗的夜色又弥漫开来……

阿小打开了一听啤酒，他抬头看了看自己制造的星空，边喝酒边唠叨起来：土豆片儿，来看看吧，这多像小时候的夜空，满天的星星又大又亮，它们顽皮地喊叫着，来呀，来抓我呀。哼……那时候真傻，总是幻想着，一伸手就能摘下一颗星……

阿小出神地看着星空自言自语，他喝光了啤酒，转身冲着床榻说道：话说这场比赛你非打不可，这次是真的机会，日期都定了，你不回来我也就死定了，还有鸣哥，他是担保人，他可把拳馆都给押上了。这样，我给你两个月时间……不，不对。

阿小又打开一听啤酒，喝了一口，沮丧地用力摇着头：一个月，不，不不，就十天吧，我真的撑不住太久啊，你小子快回来吧，回来跟拳王轰轰烈烈地打一场吧，求你了！回来吧……

绝顶第四十天。

小童用草绳编了大大小小的鱼篓，连起来系到树干上，他在这些鱼篓里放入石块，按大小沉到几个水洞中网鱼。自己拿着那根大鱼叉在水洞口探头猎鱼，一天下来，总是能捕捉到一些鱼来果腹。

看看天色渐暗，他从一捆草绳中抽出一根，系到半粗的树干上，那树干从下往上已被草绳包裹了一米多长。

他系好后，用手往上捋着：十，二十，三十，三十五，三十六……

小童划着一片浮岛去更远一点的水洼，那里的树木不仅枝叶繁茂，而且异形怪状什么样的都有。树木相连处长满了蓬勃的大水草，高可过人，小童采了两大捆准备回去扎两片大草扇做成草棚的外沿，他总觉得草棚光秃秃的显得很荒凉。

这时，天空瞬间黑了下来，小童抬头看看，风起云涌，那些云打着卷，变幻着恐怖的形状……等等，他忽然感到浮岛在涌动，好像自己都站不稳了，低头一看水中，哗！浮岛周围黑压压地聚集了一大片从未见过的大头鱼，那些鱼嘴巴奇大，争先恐后地向水上蹿着，小童拿起大鱼叉奋力一扎，奇怪？眼见锋利的鱼叉刺进大鱼嘴却什么也没有，空无一物，再扎，还是一样……

小童浑身冒冷汗，想立刻撑走浮岛却怎么也动不了，浮岛只是在原地起伏涌动着。天空已如锅底一般黑，一道粗砺的闪电划破黑云，周围霎时通亮刺眼，接着，电闪雷霆，暴风急雨，那些大水草被刮得漫天飞舞，小童趴在浮岛上双手紧紧抓住插入泥水中的大鱼叉。一声巨大的雷鸣把他震得几近昏厥，忽地，他想到了自己被体能复检时遭受电击的情形……

不知多久，他发现自己半截身体陷在泥水中。小童四处张望着，然后吃力地往近前的草岛移动着，衣衫全都碎裂了，几乎衣不遮体，他顾不了这些，继续在浅水流和大树根间摸索着。

一道光线不知从哪折射进眼睛，他眨眨眼，细看着那个发光点，那是离自己大概十几米的地方，在浅水中凸起的一个未知物体发出的光芒。他赶紧连蹚带爬地奔到那里，仔细观察后，跪在水里伸手一摸，竟是个金属壳子，有点像机器人的形状，半浸在浅水中，外壳满是划痕和凹凸点，连接处锈迹斑驳，已经很破烂了。好奇心使小童立刻来了精神，他探身进水用力抬了抬，能微微挪动，这让他一时兴奋不已。四下观望，看到附近有大片的水面和许多草岛，于是爬到旁边的大树上折断一截长树枝，就去寻找能移动的浮岛去了。

第二天，小童找到了一块大的浮岛，用树干撑回到金属壳子那里，开始搬那个大家伙。折腾了半天，累得筋疲力尽，才移动了不到半米距离，他发现凭借一己之力根本无法把大家伙搬到浮岛上去，必须借助工具才行。

他花了很大工夫找来十几根软藤蔓，编成粗草绳，然后用几根粗树干把浮岛固定好，用大草绳捆住金属壳子，另一头系在自己腰上，再用肩膀扛住两条粗草绳往浮岛上一点点地拖拽起来……

傍晚时，终于把大家伙拖上了浮岛，小童累得一屁股跌坐在草上。

细看，这是个硕大的人型机器，好像被废弃很久的样子，有些结构已经斑驳得辨认不清了。他仰靠在它那泥水混合的壳子上，喘着粗气看着天，无力地喃喃自语：天啊……这到底……怎么回事？生命是场苦旅，但却充满了喜悦……

又用了一天时间，小童才把浮岛和大机器人撑回自己的栖息地。
他整理了岛上没有被雷暴毁坏的物件，然后盘算着一些事……
重新搭建草棚。
继续制作草绳。

清理机器人。

寻找能奔跑的路径。

他又用干草棍做了十几个鸟窝，把它们安在大树上，引来很多鸟在树上筑巢，他喜欢这样，也不知为何。

最后，他用草绳把机器人固定在了大树底下，那家伙身高足有两米多，看上去就像它在倚树远望一样，有种高大巍峨之感。

温泉村第六天。

一波波的海浪声此起彼伏，阿小在床榻周围来回走动着，他手上捧着一本叫作风波的书边走边朗读："海，平息了。死寂笼罩着整个渔村，在几点微弱的灯火之间酝酿着恐怖的气息。杰克站在破旧的木屋顶，深突的眼眸痴呆地定格在海湾，指缝间香烟的灰烬不时地断落下来——像人类脆弱的生命般不可预测……"

微风阵阵，山外的余晖把他的身影和那片大海都蒙上了金色的光晕，几个熟悉的护理师坐在里面的角落里一起聆听着阿小的朗读。阿小读得非常生动，她们会发出轻松的笑声……有时，读到动情处，她们甚至会伤感落泪。

"那是二十年前的事了……那日父亲出海，带着不同寻常的意义——他若是捕到肥美的海物，是不会拿到市集上贩卖的，因为这一天是杰克的生日，心间满是兴高采烈。杰克就坐在木屋顶上盼望着，一点……二点……十一点……十二点……海风刺痛着他的脸，慢慢地，心也冷了、痛了。那个本该兴奋地红着脸颊提了满满一网鱼虾的男人，再也没有回来……"

护理师们很喜欢这对怪异的朋友，把他们俩称作难兄难弟。阿小不在时，她们认真地为小童做康复护理，洗澡擦身按摩从不耽搁。夜幕降临，年长一点的护理师端来一杯清水，递给口干舌燥的阿小：您辛苦了！

阿小谢过她，咕噜把水喝光，然后和她交流了一会儿应该注意的事项就准备离开了。

临走，阿小蹲下身贴近小童：你小子给我听好，明天，就是明天，我给你签比赛合约，你放心，保证对咱们有利的合约，我现在有经验了，算得上大经纪人了，你要给我涨钱哦！对了……还得找个阿姨，每天给咱们做饭，知道吗？

绝顶第四十五天。

太阳光刺喇喇地从大树间投射下来，小童正在往水洞里下鱼篓，忽然听到大树下传来异响，他看了一眼，没任何异常，继续下网。嚓嚓……又是两声。这下听得清楚，小童慢慢走向机器人，他看到树叶随风而动，光线忽明忽暗，那声音就随着波动的光线从机器人身体中发出来。小童眼睛冒光，他似乎感到机器人弯曲的右下肢正在变化，支配点就在它顶部的感光区。那家伙的右下肢始终是弯曲的，小童曾经费了很大劲也没能把它扳直过来，所以它一直是单腿直立站在树下，就像一个人在做金鸡独立，看上去很累的。

小童快速爬到树上，看到它的顶部有一块椭圆形的暗色嵌体，由于破损已经产生很多划痕和裂纹，里面有一块隐隐的通透体，阳光透过裂纹照射在透体上，机器人就会发出声音。小童用手小心地按了一下那个嵌体，他隐约感到有种动力产生，等了一会儿，嵌体自动旋转钮开，露出里面的像玻璃般的通透体，机器人开始发出连续的嘶嘶声。

小童紧张得满身大汗，他发现自己挡住了那些照射在透体上的光线，就往上爬了一截，用手摇晃着繁密的树枝，一缕缕的光线晃荡着射向机器人，小童听到它发出呜呜的长音和连续的嚓嚓声，低头一看，果然，他感到机器人动了，这个变化刺激得他差点从树上掉下去。他发现机器人一直弯曲的右下肢正在复原，只是非常非常缓慢……

片刻，他听到没有声音了，就从树上下来，慢慢走近，看到它已经双腿直立完全复位了。小童试探地伸出手掌在它面前晃动几下，没有反应。小童又贴近半步，此时一阵风起，光照更加强烈了，他再一挥手，忽然，一种尖锐的金属音凌厉而起，小童被震得耳鼓发麻扑通坐在地上，他翻滚着往后退出几米远，惊恐地看着四周不知所措。

一会儿，声音渐弱停止了，小童再次走近前。这一次，他下意识地用拳头向它发出信号……没想到，机器人的手臂随着他的动作举起来了，高度正好是打"手把"的位置。只是因为太过沉旧，它一动作就发出吱嘎声响，很不灵活。小童虚打了几拳，它会准确地回应，还发出很大的音乐声，像是回荡在森林里的奏鸣曲，很有气势的那种。小童又对着它试了很多动作，什么前踢侧踹连环脚啊，什么推手锁骨大小跳啊，像个马戏团的猴子杂耍着，机器人都毫无反应，只有用到拳击动作它才开始配合，就像是条件反射。

小童激动得几乎哭了起来，他不知该是否停下，就缓慢地和它做着拳击"对练"，因为他不知道换了别的动作会发生什么事，直到胳膊快抬不起来了，那种身体对动作的记忆也在他心里渐渐复活。

一片云掠过，机器人停止不动了。

小童这才虚脱般跌坐在地。

他仰望着高大的机器人，声音沙哑地说道：阿里，你的动作像阿里，哈哈老天爷啊，我太幸运了，阿里给我做陪练啊……

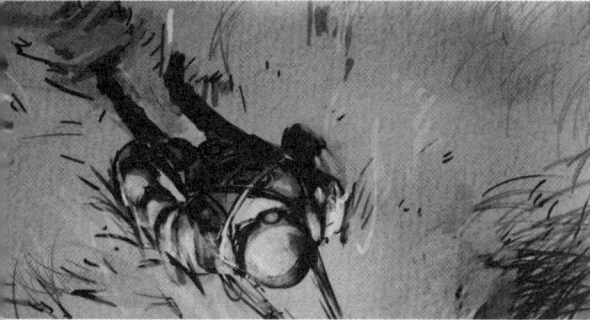

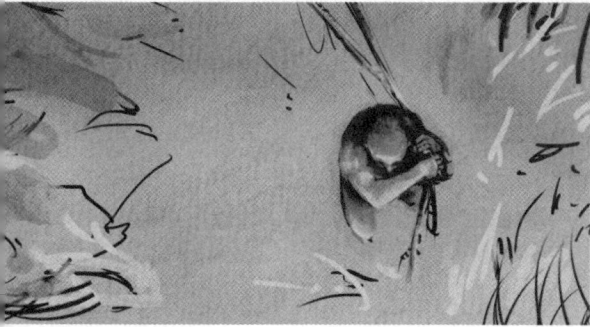

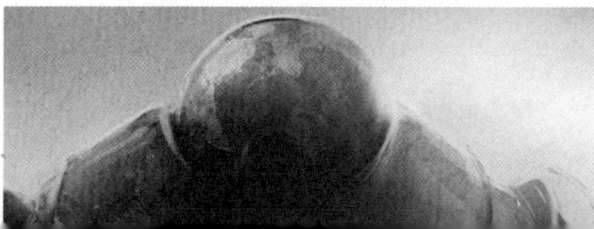

【10】对手

拳迷协会俱乐部大厅里，工作人员正在忙碌地布置现场，简先生和新兆站在台前，看着刚刚安置好的两个拳手人偶，简先生笑道：你看，什么叫先声夺人？在媒体的镜头前，它们会比你们真人还抢镜呢。

新兆盯住小童人偶看了一会儿，眼里露出无端的愤恨：哼！今天我就要你好看。

两个人偶制作得很逼真，新兆人偶怒目圆睁挥舞双拳，正在凶猛地发起进攻。小童人偶满脸窘相双拳护面，完全是不堪一击的样子，而且，他的眼睛和嘴角都挂着一大滴血迹，显得更加狼狈不堪。

简先生：准备得不错，今天这场是媒体说明会，我来说。下一场见面会，媒体提问你来说。放心，人都是安排好的，但是气势，一定要绝对性压倒对方，这得看你自己了。

新兆：没问题呀，老子要是一激动，没准现场就扁他呢……

简先生：哎，那就过喽，我们是打比赛又不是打架。

阿小和鸣哥一进来就嗅到了剑拔弩张的火药味。新兆始终逼视着他们，那眼神就像是有很多问题要讯问似的。阿小看到了丑化小童的拳手人偶也很生气，被鸣哥拉住才没发作。

两个人一落座，简先生就开始对媒体进行赛事说明。

简先生：大家已经很清楚了，这段时间有媒体对新兆拳王做了很多失实报道，既不负责也不道德，是故意渲染和诋毁，严重影响了拳王在大多数拳迷中的威望与形象。作为他的经纪人，在此我郑重声明，我们保留一切……

你的拳手呢？那个木头人？他怎么没来？

新兆无礼地打断了简先生，急火火地冲阿小劈头喊道。

阿小：他在封闭训练，我们代表他和你签约。

新兆呼地站起身，情绪激动地跑到旁边的一台测力仪器前，挥拳一击，哇！数字显示为五百磅，场上的一些媒体记者都给他鼓起掌来，简先生尴尬地清清嗓子，接着刚刚的发言……

简先生：我们保留一切……

新兆再次打断他，隔着那两个拳击人偶变态地叫喊起来。

新兆：代他签约？行啊……你能代他角力吗？啊？还没签约人就吓得不敢露头，你带的是他×的拳手还是缩头乌龟？

所有媒体记者全都大感意外，他们立即把镜头对准了新兆和阿小。

阿小呼地站起身回道：据我所知，今天只是签约说明会，至于角力，那是拳台上的事，小童不会让你失望的。

阿小看看仪器上的数字，轻蔑地笑了笑。

阿小：才五百磅，我还以为打了多少呢，小童随便一打也是八百一千……

场内的人一阵哄笑，新兆黑着脸气呼呼地盯着阿小。

新兆：他在哪里训练？请的什么教练？是不是随便找个喜欢打架的街头混混？

问到了这个关键点，阿小又气又急，不知如何作答，新兆越发地戾气逼人。

新兆：你说啊？不是说明会吗？现在怎么哑巴了？啊？

看着嚣张的新兆，鸣哥实在坐不住了，呼地站起身怒视着他。

鸣哥：我替他说吧，你非得疯狗乱咬人我就告诉你，训练小童的是仓井先生，他有个儿子喜欢打架，像个街头混混……

198

鸣哥的话像一串炸雷，场上鸦雀无声，接着一片哗然，跟着一阵哄笑，人们惊诧不已，有些媒体记者交头接耳地议论起来，所有人都把目光投向了新兆……

新兆惊呆了，他瞪着鸣哥，一句话也说不出来。

刚刚睡了个午觉，仓井吹着口哨打理着那些翻腾出来的鱼竿，准备这两天重新上架。

他停停手，听到了汽车马达声，这个时候谁会来呢？他知道这个汽车声音一定是来找他的。

很快，新兆带着几个人进了大门，他四下张望着，怒气冲冲地直奔仓井。

新兆：那个木头人在哪里？你把他给我交出来！

仓井：什么？什么木头人？

仓井还没明白，新兆大声地喊道：给我砸，我就不信砸不出来他……

几个人手拿大棒一通乱砸，有人抡起大锤把那个大玻璃池也砸碎了大半，顷刻之间，碎玻璃飞溅得满地都是，鱼线鱼竿被扯得乱七八糟，房子里一片狼藉。

仓井：你这个混蛋，到底怎么回事？为什么要这样？

新兆更加混蛋地指着父亲的鼻子喊道：你还问我？那个中国小子，难怪他那么嚣张，原来是你在训练他，你为什么要跟我作对……

仓井：你闭嘴，我训练他是我的事，跟你无关。

新兆：跟我无关？他要跟我打呀……

仓井：他跟你打是他的事，跟我无关，快叫他们停手！

新兆忽地冲到墙边，他摘下墙上的几幅老相框疯狂地摔碎在地上，一边摔一边不停地喊叫着：训练他……我让你训练他……跟我作对……

跟我作对……跟我作对……

新兆歇斯底里地吼叫着胡乱砸着，他已经完全丧失了理智，仓井冲上前，抬起双手用力按住了他。新兆靠在墙上动弹不得，急得双眼冒火，只好瞪着仓井喘粗气。

父子俩面对面地怒视着，仓井痛苦地望着自己越发陌生的儿子，心情复杂地低下头。

仓井：你被自己吓破了胆，就怨恨所有人，你激怒了自己，就跟全世界作对，你这个懦弱的东西，你太失败了！不，是我太失败了……我太失败了……

仓井无力地摇着头垂下了双臂，最后那句话，几乎是从他的牙缝里挤出来的。

看着绝望的父亲，新兆眼里的怒火渐渐变成了一种呆滞的混浊……

深夜，喝得酩酊大醉的新兆回到家里。他精神恍惚地站在挂着金腰带的那面墙壁前，望着那个空位置和满墙的比赛照片，忽然觉得那些曾经给他带来荣耀的东西一点都不真实，他觉得所有的人都在怪异地冲自己坏笑，那笑声充满了嘲弄与幸灾乐祸，异常的刺耳……他抓过一瓶干邑咕噜咕噜地狂灌着，然后抡起酒瓶砸向那面墙，他不停地砸着，疯狂地摔打着那些玻璃相框，满地都是破碎的玻璃和照片。那面墙被他毁了，空间里更是混乱不堪。橘子被吵醒了，她并没有阻止新兆，只是看着他发泄完了，力气用尽了，才把他扶到沙发上安顿好。一切恢复了平静，新兆蜷缩在沙发上睡着了，橘子默默地收拾着东西，一张一张地整理着那些照片……

早晨，新兆吻了吻睡在身边的橘子，起身离开了沙发，换上一身训练服，轻声地关上了家门。

新兆的眼神不再是那种被情绪所左右的飘忽和浑浊，而是像狼一样的清冷和笃定。脸上的怨恨和戾气也消失了，话也说得极少。两位教练给他的训练内容安排得很满，他们甚至很少交流，却配合默契，每天都在不停地训练中，像机器一样。

训练流汗，流汗训练……

几天后的一个傍晚，新兆带上攀岩装备和露营背包，一个人开车走了……

当年仓井绝对不许儿子碰拳击，生性爱冒险的新兆就搭上几个哥们儿去玩徒手攀岩了。开始真是玩儿，也就是燃烧一下过剩的青春荷尔蒙。可是他上手很快，大伙都对他刮目相看，甚至视为异类。后来，新兆进行了有一年多的专门训练，这期间，打拳击的念头像个魔咒跟随着他，但凡遇到挫折，比如受伤或者体能耗尽时，脑子里闪现的必是拳击，有训练的酣畅，也有击倒对手时的瞬间爆发。面对困境，他总是把自己当作一个拳击手。对他而言，那东西就是一股神奇的精神力量，能让他急速满血复活。有一次，他悬挂在一处陡崖下，上不去下不来有十分钟之久，即将崩溃之时，闭上眼睛，脑子里突地闪现出一个念头——如果现在放弃，你就不是一个拳击手！再一睁眼，救援的绳索已经抓在了手上……

拳击，就是新兆的宿命！

现在，他什么都不想了，那些讨厌的媒体、负面新闻、木头人、金腰带、非常规赛……什么都不想。

两天了，在大峡谷的绝壁上攀爬了两天，晚上睡在悬袋中，第二天接着攀爬，只想看看自己到底能爬多高多远……

　　快到中间的凹凸带了，在一处大斜角的陡壁下，新兆遇见一个人，双方互相对视了好一会儿，都不太相信对方是个活人。两人差不多前后脚爬上了宽阔一点的凹凸带里，都坐下来大喘气。

　　那人满脸满身的尘上，低头整理着自己的工具，他把一捆动力绳盘好，掖在背包的板带下……新兆仔细打量着他，年纪可不小了，胡子很短很乱，神情带着几分自嘲，目光有些暗沉。他有着非常专业的装备，看样子应该是个老手。

　　此刻，他正从供给包里取出木炭跟火引，偶尔还会盯一眼新兆的装备。

　　他声音嘶哑地道：在这遇见活人，比遇见老虎可怕，你用了多少时间爬到这？

　　我……两三天吧。

　　来点吗？

　　他从背包里取出要煮的面向新兆示意着，新兆点头道谢。

　　我一年来一次，最高爬到这，捱不过三天就得下去，骨头像散了架，钻心的疼……

　　他边说边四下看了看，那神态就像是站在自家院子里看天气。

　　这地方不真实，比如遇见你，我现在也怀疑它的真实性呵呵。我叫鸦雀，人们叫我漫画虫……但是

在这，我什么也画不出来。

新兆点点头，又打量了他一下。

我看过您的漫画书，勇敢煞很好看！

"草介"呢？看过吗？那是我自己喜欢的作品。不过，你也别信我的话，我爱鬼扯，很多时候，画不出好东西来，"草介"是给我儿子的，你不一定喜欢呵呵！

新兆想了想："草介"？这个……我没看过。

鸦雀：对，自己喜欢的别人未必喜欢，作者们不明白为什么，烦躁得要烧炭！

他又把水倒进小锅里，盖上。

鸦雀：说说，人们为什么爱爬高？挑战极限？征服自然？哼哼……我认识的爱爬高的人总是大话连篇，把自己说得简直能上天呵呵！

新兆附和着笑笑，低头看火。

新兆：这火，好像不够旺……

他弯腰屈腿地烧起火来，又煽又吹。

鸦雀煮着面，时不时地斜眼看看新兆。

鸦雀：你让我想起我儿子，他跟你差不多大，一天到晚总想着，要把世界踩在脚底下……这面，八分熟最有咬劲。

他把煮好的面递给新兆一份，两个人低头吃起面来，哧溜哧溜的吃面声和着噼噼啪啪的炭火声不真实地在山壁间回响着……

鸦雀：这里，从来没人上得去，所以没人知道它有多大，只知道那上面有水，从天空上看，像一滴大水珠悬在那儿，世界上只此一处啊……

他随手在地上画了几个小图，就把所在地貌很有想象力地解构给新兆看。

鸦雀：喏，我儿子……就是从那里掉下去的……

他指了指他们脚下几十米远处的一块坡面石，神态像是在说别人的儿子。

鸦雀：我不怪他，尽管……有时候太孤独！想想，人都要挑战自己不是吗？所以，每年他的忌日我都会来这儿，替他看看他没有见过的地方……

鸦雀望望头顶：唉……要是处处都有答案，那样的人生，岂不无聊透顶呵呵。

新兆凝神地听着鸦雀的话，他盯着炭火不敢抬头看他。因为一看他的脸，反而弄不清楚他的话是真是假了。他们在半壁过了一夜，算是睡了个好觉。第二天早晨，鸦雀把自己的供给大部分都留给了新兆。刚要转身离开，新兆忽然掀起帐篷喊住他。

新兆：等等，我们一起下去吧。

鸦雀：怕了？

新兆：……

鸦雀：呵呵呵！我骗你的，其实我没有儿子，掉下去的那个，是"草介"里的人物，我一直当他是我儿子……说来，还是太孤独，唉！

新兆：嗯……我也不是怕，是忽然想见一个人！

无人岛……搭建树屋……海边……寻找爸爸的船……叔叔的酒吧，健叔……打拳击……人体沙包、阿小、骨汤拉面、比赛录像、独角兽……鸣哥的拳馆……海鲜火锅，新兆、新兆、仓井……钓鱼……清水湾……玻璃水箱、世纪之战、强大的意志……比赛、打假拳……啊呸拳击联盟、电击……半坡、饥饿、生鸡蛋、黑椒牛排……等等……扒房柠檬……发香……红酒……柠檬……柠檬……

▌▌▌唤醒

绝顶第六十天。

清晨，小童从大树下找了两块厚实的树皮，修磨整齐后，用草绳把它们绑定在机器人阿里的大手掌上。自从那天试练以后，小童就叫它阿里了，还常跟它念叨一些自己能想起来的动作什么的。

嗨嗨……阿里，我知道你摆拳厉害，蝴蝶步呢那叫踏平拳台！是不是给咱露两下，以谢救命之恩……嗯？你看看，这里多么风光，啊？虽说少了拳迷喝彩，总比躺在水里生锈风光多了……哥们儿，你就是块金子，有人捞你才能发光对不对？

他给阿里绑好了手把，试试软硬度，刚刚好。然后挑了一些又软又细的草绳，把自己的双手像缠绷带似的包裹好了，有点忐忑地围着阿里转悠起来。

不过呢……你现在这老身板儿啊，我看蝴蝶步就算了，打打摆拳应该小菜一碟吧？

他跟它聊着，抬头看看太阳，觉得光照够足了，就伸手掀开了它头顶的草盖，听到了"呜呜"声响后，小童站到它面前，先用拳头虚晃几次，音乐声起，阿里随着小童的动作挥舞手臂……

哈哈看好了，我要来真的喽……

他用力打出一记右直拳。"嘭"的一声闷响，小童被震得倒退几步坐到了地上，他晃晃头，眼冒金星，手臂发麻、手腕一阵巨痛。

哈……没想到你的手把也这么厉害……

他大声喊着，浑然不觉自己已经恢复痛感这回事，抑或在绝顶上，他本来就没有失痛这回事。

小童调整着动作，从慢到快，从轻到重，渐渐地打出节奏了，双方动作配合得越来越默契。小童已经满身大汗了，他甩着脑袋喊叫起来。

摆拳摆拳，左右……来啊来啊……用身体记忆动作……左摆！

小童做了个低头下潜身，阿里立刻跟上一记左摆拳，这是拳手训练对抗的基本拳架，它竟然做到了。

哈哈……用脑支配反应……左摆右摆！太棒了阿里……阿里跟我打对抗，哈哈哈！呼呼哈哈！

他又打出几个勾拳，嘭嘭！啪……

小童试着各种动作变化，嘴里不停地喊叫着。

用身体记忆动作，用脑支配反应……上上下下，左右左右……哈哈……来了……

嘭嘭啪啪哗哗……

温泉村第十五天。

上上下下，左右左右，左摆右摆，左直右直，下勾下勾……起来打啊！快起来吧土豆片儿，啊啊……哈哈……呼呼……欠炒的家伙别偷懒，起来打啊……

阿小手舞足蹈地站立在床榻前，他赤膊上阵满头大汗，重现着小童和京都搏击会那个攻击拳手的打法，不停地冲小童喊着、打着。

伴着电视里的比赛解说声，阿小忽地跳到小童的近前，他挥舞双手做出裁判宣布开打的手势，嘴里大声喊着：现在是拳击超人开始进攻，刺拳！刺拳！刺拳！左勾！左勾！他连续用刺拳和勾拳封住狼人……退、退、退，狼人步法散乱，不停后退寻找机会……反击！他一记左直拳，哇！拳击超人侧脸闪过……哇太快了！就在他闪避的同时，打出了超快的左摆拳，正中狼人下颌，他被震退了半步，还没站稳，拳击超人从侧面打出了杀手右勾拳，哇哈！这一拳太准了！狼人被打得后仰旋转一百八十度，狠狠地摔倒在第三根围绳上……

阿小嘶吼着……表演着……折腾着……自己扑通一声倒在地上，这一下可真摔得不轻！他侧躺在地上挥着右手还在大喊着：拳击超人跳着蝴蝶步等待裁判数秒……1、2、3、4、5……狼人现在一定是眼冒金星、头昏脑涨难以支撑……台下的拳迷们疯狂了，他们狂吹口哨大声喊叫欢呼着……拳击超人！拳击超人！拳击超人！

阿小用尖破的嗓音狂呼乱喊着，一个人把房间里闹腾得恍如一场拳击大战的现场盛况，那个年长的护理师闻声赶来查看情形，一进门就看到阿小满身大汗灰头土脸地摔倒在地上，她吓了一跳，急忙冲到阿小身边：先生，您这是怎么了？有没有伤着哪里？

阿小赶紧起身道歉：对不起！吓到您了，我在给他进行……唤醒！医生说的……唤醒！他需要……唤醒！

护理师：原来是这样啊！您那么大声喊他还以为出了什么状况，没事就最好了。对了，刚刚有个先生来找您，在前厅呢，您是不是该去接待一下？

绝顶第八十天。

在那条踏出来的小径上，落日把小童的影子拖得长长的。跑回到大树下，他径直走到水洞边，用自制的树皮桶盛满水，当头浇下，凉得他浑身一激灵，水就抖落的差不多了。现在，他觉得自己有用不完的力气，每天奔跑、打拳、抓鱼、做草绳忙个不停。只要一停下来，脑

袋里就一片空白，一动起来，很多事就自然想起来了。他用草绳和小石块做成形状标记，固定在一块大树皮上，用来记录想起来的一个人、一个地方或一件事……此刻，他手里掐着草绳又在那捋起来。

——无人岛……搭建树屋……海边……寻找爸爸的船……叔叔的酒吧，健叔……打拳击……人体沙包、阿小、骨汤拉面、比赛录像、独角兽……鸣哥的拳馆……海鲜火锅，新兆、新兆、仓井……钓鱼……清水湾……玻璃水箱、世纪之战、强大的意志……比赛、打假拳……啊呸拳击联盟、电击……半坡、饥饿、生鸡蛋、青蛙、妖兽、黑椒牛排……扒房……柠檬……发香……红酒……柠檬……柠檬……

就这么想着念叨着，不知多少次，就是想不起自己怎么来的这个地方，也不知自己该怎么离开这里。

你要是个超人多好，带着我"飕"的一下就飞走了……

他看着阿里自言自语。

停！停停！仓井……

小童又想到了仓井，他的脑子现在像个时光机般任意穿梭随时停走。此刻，他想到了那个大玻璃水箱和那些折磨人的水中训练。他隐约感觉到，在自己的意识深处，混沌之中有一道光亮闪动了起来……

小童在水里拼命地训练着，那段时间他已经把水中抗阻力击打练得很出色了，左右勾拳和摆拳都能打出凌厉的水弧线，那感觉好似新兆的心理阴影，那个在大水球里雷霆万千的中国少年，相当有气势。仓井在修理着他那堆渔具，每次小童力气用完时，他都会用绳索帮助他出水。

小童再次出水休息，他对仓井喊道：我一直练阻力拳，是不是也该打打沙包练练爆发力了？

仓井看看他，转过身继续手里的活计：抗阻力练好了，你才会有了不起的速度和重拳。

小童：可是，我都很久没练过爆发力跟对抗了……

仓井摇摇头，手里拎着鱼竿走近水箱，他像个高人那样面带神秘地在小童面前踱着步。

仓井：拳手不能把自己锁定在拳台上，自打有了比赛规则，打法就那么几下，你真正要拼的不是那点事。你总盯着拳台，就像一个无能作家盯着一沓白纸，会崩溃的……

小童无聊地听着他的大道理，神情低落地道：我一直泡在水里，先生跟我说这些……合适吗？

仓井停住了，抬头看看小童：你这么想练？下来，拿拳套。

小童兴奋得几乎是跳下了那些台阶，他冲到柜子那边戴好拳套，然后走到仓井面前。

仓井：冲我打，来，人是最好的沙包。

小童：可是，先生不戴护具吗？

仓井：你还想让我跟你打吗？这里没有沙包，我只好替一下喽，来打吧，用力打。

小童摆了个姿势打出两个直拳，仓井左右微晃挡住了：力道不够，太虚，打勾拳，大弧线……

小童全力打出左右勾拳，自己觉得速度和力道都很猛，仓井用手掌当手把，啪啪挡住两拳喊道：还得再快。来！

嘭嘭……

又是两记重拳……

他被小童震得退后两步才站定。

仓井：好一点，再快，左右……快！

嘭嘭嗵嗵……

小童又打出几记快拳。

仓井：停！你看，速度一起来，拳锋就容易偏，到落点力量就弱了，就是这样一拳，在关键时刻，决定命运……一般的拳手，最有威胁的勾拳非左即右，你在水里打的，就是为了平衡发力，让左右勾拳势均力敌，生死之间，就比别人多了致胜一击……

小童听着，仿佛在仓井的眼中看到了一种不容置疑的坚定。

仓井：接着练，直到左右的拳锋、速度、落点都到了再想别的吧！我这把老骨架可经不住你打。

仓井边说边走回自己的案头，不过，他好像没有打住话题的意思：我跟你说过吧，两个出色的拳手在拳台上能打出一种史诗般的壮观。这可不是夸张的，当巨大的能量消耗殆尽，强者在最后一刻靠什么赢得尊严？

小童坐在水箱顶端应付道：强大的意志……

他知道这一说又要没完了。

果然，仓井说得更起劲了，他头也不回地接着讲起来：说到强大的意志，我就想起了阿里！给你讲一场实战，一九七四年，在马尼拉有一场拳被称为世纪之战……

小童听着感觉和以前讲的差不多，就悄声地滑入水中继续练拳了。

仓井：那是阿里和他的老对手弗雷泽的第三次大战。两个人势均力敌，打到第十二回合双方都没有产生致命一击，可是就在第十三回合的时候，阿里在体能耗尽前做了最后一搏，那几记重拳震惊了世界……

小童在水中连续打着左右勾拳，停下，看看仓井还在背对着他双臂摆动着说个不停。

仓井：就是这几拳封住了对手的眼睛，第十四回合，弗雷泽的教练扔毛巾认输终结了比赛，要是打到第十五回合那就胜负难料了。但是，阿里那几记重拳，就是意志强大的完美体现……因为从体能来看，对手更胜一筹，在打满四十二分钟的实际比赛中，弗雷泽一共潜身进攻六百二十一次……

小童感觉自己的双腿有些异常，极不灵活。

仓井：而阿里只是以刺拳防守为主，这虽然是彼此的战术，可是到最后，我们看到了什么？是震撼！探索生命意志所带来的震撼！

小童在水里已经不行了，由于练得过长过猛，他的双腿严重脱力无法游水……

仓井没有发现状况。

小童挣扎着呛着水却怎么也浮不出来。

仓井还在讲着。

小童没力了，不动了，好像溺死在了水里。

仓井终于讲完了，他长长舒了口气转身一看，小童在水中软绵绵的一动不动了……

我 ×！仓井骂了一声，赶紧拉起绳子冲上缓台，伸手把小童拖拽出水面。

……

柠檬呆立在小童打了一半的画板前，想着两人当时的情形。猛地，她好像下了决心，戴上拳击手套，蘸满了墨水，冲画板不停地击打起来。

一拳、二拳、五拳、十拳……

她疯狂地击打。

身上溅满了墨点，脸上混合着汗水和墨水，面前的画板从清晰到朦胧，最后，已经变得模糊不清了……

柠檬依然不停地击打着……

阿小和护理师一起来到前厅，鸣哥正站在那里等他呢，身后站着马来仔。

鸣哥：啧啧，瞧瞧你这一脸疲惫相，胡子拉碴，邋里邋遢，照这么下去，我看你都得要人照顾了！

阿小：没事，鸣哥。怎么把他也带来了？

小哥，是我死乞白赖地跟着鸣哥来的，你别怪他，都怪我走了这么多天，没照顾好人形怪兽，我心切……必须、必须得看到他，憋了一肚子话要跟他说呢……

阿小：嘿，小子出去几天懂事啦！走吧，去看你的人形怪兽！

他们回到房间，鸣哥先和马来仔看看小童的状况，然后跟着阿小来到院里。马来仔不管不顾地窝在床榻边，跟他的人形怪兽开唠……

上次，我就不赞同你去那儿玩命，哪知道你是为了救我爸！跟我说说，这次你为了救谁？反正，肯定不是为你自己……在医院陪护我爸的时候，我一直担心两件事……第一，我担心你把我换了！第二，我担心你用大个子！他可比我烦人多了。吃饭时，对着你打嗝剔牙吧唧嘴；睡觉时，冲着你咬牙放屁嘎巴嘴……让我更不能容忍的是，他在心里还不服你！哪像我啊对你佩服得上天入地。唉……现在看，还不如你把我换了凑合着先用大个子了，那样事情也许就好了，你就不用躺在这儿了……说说我爸吧，他眼珠子换了，他让我好好谢谢你！他还说、说我给你起的名字不好听，他说什么人形怪兽嘛，叫怪兽容易让人走火入魔……他眼缠绷带躺在那不停地说话，他拉着我的手，他说儿子你能交到这样的朋友也算有出息了，回去赶紧想个好名字给换了！他说人家帮我换了眼珠子你怎么也得帮人家换个名字啊！他还说我帮你想了好几个，叽里呱啦跟我说了一堆，都是上世纪六七十年代世界拳王的绰号，还问我哪个好听？我无语呀，我只能默默地望着他！我不怪他……那些名字应该都是他心里的英雄吧！我……可能把你吹得太神了……什么？你问我怎么回来这么快？我倒想再快点呢……唉！本来想多陪我爸几天，让他彻底改变对我的看法……那天，医生为他打开绷带，他眼亮心明一高兴就对我说：儿子，是不是还剩下一些钱？我说是啊，留着给你补身体啊！他说好……先去给爸买点酒！我立马就……整个人都不好了……当时就恨他了，心想到底是他命该如此还是我命该如此呐？

……

阿小他们坐在温泉旁，望着满眼的风景，鸣哥发起感慨来。

鸣哥：希望老天不负你呀，这么美的地方，是不把打拳那点儿老本儿都给折进去了？

阿小：这里的医疗条件好，护理师都很负责，有利于恢复。

鸣哥：唉！这哪是一般的恢复啊……我不是说过，你就是在跟自己较劲呢！

阿小：跟自己较劲的应该是小童，有时候我和他聊天，聊着聊着我就感觉，这家伙的意识深处一定有种力量不停地与自己抗争！而且，对周遭的一切，他一定是有感知的……真的鸣哥，我……不知道为什么我一直这么觉得！或许，在他的潜意识中还有一个世界，一个我们看不到的地方……他在那儿每天也打拳训练从不闲着，说不定啊鸣哥！

鸣哥眯着眼睛不无同情地盯着阿小琢磨了好一会儿。

鸣哥：唉！走火入魔啊，但愿如此吧！说到打拳，他们找我了，这回可是玩儿真的了，说要把赛制升级到争霸战，还说下个月举行更大的媒体会。我都想不明白了，这到底是他×的好事还是坏事啊？

阿小瞪着眼睛听完，不知道打哪来了股兴奋劲儿，啪地拍了一下鸣哥的肩膀。

阿小：好事啊鸣哥，你等等，我去拿啤酒，咱俩喝一个！

鸣哥：什么？我看你是找事儿……还不怕事儿大！万一到时候他醒不了，咱俩可就怎么都捂不住了，到时候……

阿小：不……我……我太激动了！你等等……你等等……

说着，他冲到里边，从冰箱里"嗖嗖"拎出两听啤酒，"咔咔"打开又冲回院里。

阿小：鸣哥，这叫什么？这叫树欲静而风不止啊鸣哥，先喝着……你想啊……

鸣哥：你胡说什么？什么风止不止的？我就知道他要是醒不了，到时候我连拳馆都得搭进去，这种争霸战幕后老板不一定是谁呢……到时候叫人追杀咱俩都是有可能的傻瓜！

鸣哥喝了口啤酒，脸上露出一种不知所措的冤枉。

阿小：呵呵！看把你吓的，你真是越老胆子越小了鸣哥……

鸣哥：这可不是胆子大小的事……

阿小双手搭着鸣哥肩膀，像是在哄一个不谙世事的孩子。

阿小：听我说，鸣哥，他们把赛事升级到争霸战为什么？因为他们把小童当成了真正的对手……拳王级别的对手！这说明了什么？这说明咱们成功了，你、拳馆、我和小童，咱们那些努力没有白费呀鸣哥！来喝一个！

鸣哥：话是这么说……

阿小：我现在对小童更有信心了！因为不光是我们，还有新兆和他的团队，还有争霸战，还有所有媒体，整个世界都在等着他站起来……哇！这是多强大的气场啊！小童他一定感觉得到，他会努力的我了解他，相信我鸣哥！

面对阿小的激情，鸣哥也只好无奈地点点头。

鸣哥：唉，你个不怕事儿大的家伙，我要是不信你，干吗这么陪你疯啊！不过你能这么对一个朋友，我真没想到，他这样了你还不离不弃，难得啊！

阿小：我听过一个故事，女人因为车祸成了植物人，男人一直陪着她。他身边的人，还有医生，甚至女人的家人都劝他放弃，都说没救了除非你相信奇迹！男人谁也不听，就陪着，直到有一天……

说到这里，阿小停下来喝了口酒。眼睛盯住面前的温泉，好像那里有什么答案。

鸣哥：是不是女的终于醒了，然后他们开始了幸福的生活？

阿小：对！三年，女人醒了，但是你猜……她对男人说的第一句话是什么？

鸣哥：嗯……我在哪？你是谁？

阿小卖关子似的摇着头笑。

鸣哥：到底说了什么吗？打死我也猜不出啊……

阿小：吵死了！她说。因为这三年里，一日三餐男人照做，都是女人喜欢吃的，他们一起吃饭，一起看电视，一起听音乐，一起读小说，一起聊家常……一直都是两个人的世界，那个世界一直围着女人在转，男人从没让它停止过。真的，他就当什么也没有发生过，就守着……等着奇迹的发生！

鸣哥滋滋地喝酒，阿小咔嚓嚓地捏着手里的空罐。

如果，他们有一个放弃了……那个世界就停了……

要送鸣哥回去了，经过小童的床榻，马来仔忽然停在那儿，他俯身观察着小童，微张着嘴小心地从上往下看着，目光定在了小童的手上……片刻，他咽了咽口水说道：人形怪兽……动动手指吧！求你啦！动动手指……你就醒了……

绝顶第一百四十五天。

暗蓝的天体透出一抹玫瑰红。刚刚奔跑回来，小童把草绳系上树干，数了数日子：一百三十，一百四十，一百四十五……

坐在阿里旁边，他抹了一把头上的汗，呆呆地盯住天边那片红色发光体。

这段时间，他已经在那片沼泽地带探出一条曲折的小路，每天不知要跑多少次。

奔跑的时候，他会想起很多小时候的经历……

爸爸带他在海边奔跑，锻炼体能……

在野外露营和钓鱼，让他掌握恶劣环境的生存技能……

他们在无人树岛上搭建树屋，有很多鸟还在树屋上面筑巢……

……

他又想到了叔叔和那个小酒吧。

昏黄的酒吧门前，小童低垂着头坐在石阶上，头上的汗珠滴落在拳套上面，他出神地盯着拳套，叔叔在他面前，抽着烟踱着步。

叔叔：你要是真想打拳，待在这不行，每天跟阿祥打打对抗有用吗？你得出去闯，我有个朋友在日本，我跟他打了招呼，那里职业拳馆多，各国的拳手都有，你去那儿吧……

小童：去那里，就能打上职业拳赛？

叔叔：看你自己喽！

小童：这店怎么办？

叔叔：店？靠我自己喽。你年轻，想做什么就去闯呗，即使错了，都还来得及！

叔叔一边往前走一边提高了嗓门：至少像你爸，去大海里做个勇士……

小童望着叔叔的背影，眼睛红了，他站起身，双手攥紧了拳套。

柠檬盯着眼前一黑一白的两个手机发呆。她打开小童的手机，看着他们的自拍照解嘲似的笑笑，忽然，她冲着屏幕大喊起来：你在哪里啊？吃相难看的家伙……别以为没有你不行，我自己一样能打，我能打……她喘着粗气紧咬嘴唇戴起拳套蘸满了墨水，疯狂地冲向画板……我打……我打……我打……她边打边喊，一会儿就没了力气。喊哑了

也打累了，她也变成疯女人了，就片刻工夫。

折腾完了，她又坐回去拿起小童的手机来。本想要翻找出那天给他录影的片段，却无意中发现了一个通话录音提示，就打开听了，正是小童接听的那通电话。柠檬一下来了精神，她连着听了几遍后思索了一会儿……

小哥、小哥、小哥是谁呢？一定是去救小哥了，找到小哥、找到小哥……

柠檬不停地念叨着。很快，她拨通了小哥电话……

两个人对桌而坐，柠檬拿出小童的手机递给阿小。

柠檬：那天，是我帮他接听的电话，不小心碰到了录音，留下了里面的对话……

阿小面露狐疑。

阿小：为什么你帮他接听？

柠檬：他手上都是墨。

阿小：墨？

柠檬：你还是快点听听吧。

阿小打开录音听了起来，他越听越气，脸上的神情惊讶愤怒，眼睛冒火。

听完了，阿小失控地砸了桌子一拳。

阿小：这些卑劣的东西……

柠檬看着失态的阿小，没明白。

柠檬：他听完电话，连衣服都没换就冲出去了，我不懂，那些人为什么要控制你呢？

阿小：我当时根本就没在京都料理，他们利用我来害小童……

222

柠檬：为什么要害他？

阿小懊恼地道：有人坐收渔利，那些黑拳场的人，什么都干得出来。

柠檬急道：那……小童到底在哪里？我想见他，我们……还有事情没做完呢。

阿小因为气愤显得很烦躁，他控制着情绪看着柠檬：小童很安全，但你现在还不能见他，请原谅！

柠檬：为什么不能见？什么时候能见？

阿小：什么时候……要看缘分了……

柠檬有些不明所以的不安。

柠檬：世界这么大，不想见……一辈子都见不到……

阿小：抱歉，我没法和你解释，能见了，我会马上联络你，好吗？

柠檬知道多说无异，伤感地点点头。

阿小偎靠在小童的床榻边，懊恼地用双手抓头看着小童，他感到自己血往上涌，逼迫得他仰起头眨动着双眼，颤动着嘴巴却发不出声音，只是在心里不停地低语。

你这个傻瓜，为了我把自己弄成这样……都怪我，都怪我，我应该告诉你的……我该想到的……该想到的……都怪我……

阿小猛然用力地抓紧自己的头发，他瞪着充血的双眼，嗓子发出暗哑的呜呜声，还是一句话也说不出来，只有不停地默念着。

我要去找你，你去哪里找我，我就去哪里找你……你等着！

阿小把摩托车几乎摔在了京都料理的门口小路上，他怒气冲天地穿过廊道直奔黑拳场。刚下半层楼梯就迎头撞见了尚志和两个拳手出来，尚志见是阿小回头便走。

尚志，你个王八蛋……

阿小哑着嗓门怒吼着追上他，没等尚志站稳，他已挡住去路挥拳便打。

为什么害我兄弟？

尚志被打翻在角落里，嘴角鼻孔全是血，话也说不出来。阿小拉起他又要开打，那两个拳手已经冲上来一阵拳打脚踢，阿小躺在地上被按住手脚，浑身动弹不得，尚志龇牙咧嘴地擦着脸上的血，阿小还在嘶吼着。

王八蛋，小童要是醒不了我取你狗命……

尚志吐了一口血水，冲阿小喊道：你傻了吗？这里是黑拳场，打死人都不偿命的，我给你面子才叫人把他送到了医院，至于他是死是活，

关我鸟事？

说完，三人丢下受伤的阿小就走了。

阿小脸贴着冰冷的地面，看着眼前颠倒的世界，大口地喘着粗气。

绝顶第一百八十天。

微光，某个视角静谧地穿行在密匝匝的水生植物间，它忽而水上忽而水下地在低草浮岛的小空间里游动着，渐渐地接近了一张模糊不清的面孔……

小童的脸贴在一小块浮草上，已经离他的草棚有几米的距离了。他脸上有明显的青瘀伤痕，应该是晚上从那个睡觉的草网上跌落下来的，

头发上沾着泥水混合物和一些小草秆，涣散的目光半睁半闭地扫视着颠倒的水面，嘴里轻念着一些含混不清的话。

——多少天了……还能扛多少天？

忽然，平静的水面开始微微抖动，好像受到什么外力挤压，震颤着变化着，一种绵密的声响由远而近，维度发生着瞬息变幻，小童眼神定了定，还没来得及辨别，黑洞般的巨大声响已经雷霆压顶了。那是一大片黑压压的鸟群，像天外的怪兽一样扭转翻飞，形态瞬息万变，忽悠一下掠过他栖息的草岛。强劲的旋涡风力把小童连同草棚带向空中扯碎抛远，飘摇着向远处的宽广水流处飞卷而去……

群鸟密密麻麻地布满空间，翻飞起落掠过水域上空，在水流湍急处消散。所有的水都在此处汹涌奔腾，穿越过几十株巨树，飞泄下绝壁，形成超大流的飞天瀑布。巨树又粗又长的根蔓盘错而下，像无数根粗壮的藤蔓垂落在那里，被飓风般的水瀑跌宕摇晃着。此时，小童从巨树中落下，他拼命地抓紧一根藤蔓摇坠在水瀑中……迷蒙水雾，视角向高远处退去，三面峭壁一面大流瀑的绝顶全貌显露出来，它挺立在无边的海面上，高达千米以上，远近的海岛就像它的垫脚石般渺小。

小童就这样抓住巨树的根蔓高高悬荡在绝顶的陡峭边缘……

那些巨树的粗壮藤条救了小童，底下深渊般的千米大瀑布震荡得他撕心裂肺。

混沌之中，他拼命地往上爬着。

爬上边缘的大树，这里就是绝顶的最高点了。

他四下远望，发现白茫茫水面上，大气流卷挟着水浪一波波翻滚着，随着波涛的奔涌，绝顶中心地带的水面也同步涌动着水浪，他看到自己栖息的小岛也被淹没了过半，只剩下大树冠和机器人阿里依然挺立

在那里。

　　——通的，这里是通的，从水里走，能出去！哈哈呼……天无绝人之路，这里是通的……哈哈呼！

　　小童感到自己全身有股电流乱窜，他身体不停地颤抖着，牙齿咔咔打着架，嘴唇根本合不上，说出的话就像是从嘴里崩出来的小石子。

　　在地上躺了一阵，阿小吃力地站起身，脸上身上多处带伤，走路疼得他一拐一拐的。勉强挪到自己的摩托车旁，又一个趔趄翻倒在车上……

　　阿小骑着摩托车游走在昏暗的小街上，他不知是该回家还是去温泉村，索性任风吹着，慢慢地游荡着……

　　忽明忽暗的街灯掠过他忍着伤痛的脸，犹如一些过往在眼前重现……

　　黄昏的湖畔。

现在是苦了点，但是熬着，我们一定会有出头之日的！

小童往仓井的货车上搬着石头，阿小在一旁给他打着气……

阿小的住处。

你现在怎么变得跟仓井一样？

小童接过阿小递来的蛋炒饭，烦躁地问道。

阿小拿着炒勺：跟他一样？一样老？一样狠？还是一样变态？

是一样啰嗦啊！

好你个土豆片儿，我天天做饭伺候你，还嫌我啰嗦？我看你就是欠
炒！欠炒！欠炒！

阿小挥舞炒勺攻击小童。

主题酒吧里。

陈先生你看，哪有拳手把自己累成这样的……累得跟狗一样！

阿小把小童拽起来给那个拳赛推广人看，然后一松手，小童扑通趴
回桌上接着睡。

阿小索性摘掉头盔任风吹乱自己的头发，还有思绪……他又想起小
童跟仓井闹翻那天，回到拳馆遭遇魔兽的情形。

小童气呼呼地冲出仓井的库房，他拼命地跑着。树林，小路，街道，
大桥，一路狂奔回到拳馆，他踢翻了地上的一堆护具，又撞上一个正
在打沙包的拳手，什么也不顾地往里面冲去。此时，一个熟悉的声音
在耳边响起：中国小男孩？嗨真是他……那个被我打个半死的中国小
男孩……

正是黑人魔兽，小童没心情也懒得问魔兽为什么会来这里，他站在原地喘着粗气。

魔兽扶着围绳，对同来的几个拳手嬉笑喊道：看看他的熊样，还说他是什么……拳击超人？我看他是超级欠扁，哈哈哈！看看他，今天还敢不敢和我叫板……

耳边只有呼吸声，小童感到压抑不住了，对鸣哥说：给我拳套！

鸣哥拿过拳套迟疑着：这家伙挺变态的，小心啊！

两个人站好位，魔兽挥拳冲向小童，耳边的呼吸声戛然而止，他迎着魔兽冲了两步飞身跃起，一记右勾拳在空中划出弧线，重重打在魔兽的左脸挂钩处，魔兽扑通一声单膝跪地，双手支撑住身体，小童随惯性转身第二拳横打在他的太阳穴上，魔兽倒地不起了，整个过程也就一秒，谁都没看明白，小童已经下了拳台。

夜晚的居酒屋里，阿小喝口烧酒问道：鸣哥说你把魔兽给撂了？

小童：当时在气头上，谁惹我撂谁，大不了挨顿揍，反正也快被仓井害死了。

阿小：有这么严重？

小童：不信你去试试，整天啰嗦那些空话，全都是狗屁大道理，不听就说你悟性差。今天，我已经练得崩溃了，弄到我腿抽筋差点淹死……

阿小忽然眼睛放光：等等，你说，腿抽筋了？

小童：对呀，腿抽筋痛得要死……

阿小：你说痛？

他一拳打向小童胸口：我靠！痛不痛？啊？

小童揉了揉，惝惝地道：好像痛……

阿小啪地打了他一记耳光：痛不痛？痛不痛？快说啊？

小童又揉揉脸：好像又不痛……

阿小又挥过一拳，小童伸手挡住：哎你有完没完？

两个人借着酒力你来我往打闹成一团，酒壶碎了，椅子翻了，烧酒泼洒了一脸，居酒屋老板和顾客们面面相觑……

阿小骑着摩托笑出了声，他伸手抹了一把脸上的水珠，下雨了都没知觉，路边的街灯越发的迷蒙不清……恍惚中，小童伏在阿小的肩上长睡不醒……

绝顶第一百八十五天。

他站在水里，水流很急，急到足以冲走他，旁边一些比他粗壮的枯树躯干都被冲走了。很奇怪，他自己却能完好地站在那里……十几米远的地方就是决口，他能清晰地听到那个千米大瀑布巨兽般的嘶吼咆哮。他想，只要跃起身，跳下去，结果应该就会等在那里了……

正要往前冲，忽然眼前光芒一闪，出现一道幽蓝的水幕，小童吃惊地一看，水幕里站着另一个自己，面色惨白活像一个魔鬼，几乎是面对面的距离，十分恐怖。他用戏谑的眼神看着自己，一咧嘴说道：怕了吗？怕了就站过来，和我站在一个方向，那样你就什么都不用怕了，再也不会有痛苦，没人敢羞辱你，你也不会哭泣，即使哭泣，都没有眼泪……怎么样？呵呵过来吧，转个身就行……

小童怒视着这道屏障，胸脯起伏喘着粗气，他问自己：能冲过去吗？转个身是死，冲过去是未知，你自己选？好吧……冲！小童眼睛盯得发红发胀，在眼泪流出的一瞬间，他发疯般地一跃而起向那个死神直冲过去……

啊！小童翻身坐起来，头上脸上全是汗水，幸好是个噩梦……

不知自己睡了多久，反正已经是日上中天，他庆幸地擦抹了一把脸上的汗，看看浮岛另一端的阿里，它还静静地躺着，被自己用八根木桩和草绳固定得很牢靠。为了这些他可是足足折腾了两天，要把那个大家伙拖上一片更大的浮岛绝非易事，光草绳就崩断了上百条，再把八根树桩打进草下面的泥土层里，挡住它，用草绳把树桩纵横相连，以防止浮岛向中心水面滑行时，阿里会因自重而偏落掉进水里。还有，所有草绳，都要系成活扣……

完成了这些准备，小童已经累到虚脱，他把浮岛撑到稍深一些的水域，辨了辨风向，还好，顺的！自己就仰倒在草上，任其缓慢地浮动起来。

他想起离开栖息地时，曾数过树干上的那些草绳……

一百八十多天，日子没白过，还每天练拳呢，这些罪也不白受，还有阿里这个收获呢，它会带着我离开的，不过，那会是哪儿呢？唉！不想了，未知也许更有趣……小童眼角挂泪，最后望望刚被风暴侵袭过的栖身之地和那棵梦境般奇异的大树。

他想着这些，夜色无声而至。躺在草上看看满天的繁星，明天准是个好天啊！哦……为什么月亮这么大又这么亮呢？亮得人眼睛干涩，还是闭起来舒服啊……

也不知沉睡了多久，他从刚才的噩梦中惊醒过来。

抬头看天，犹如一张深蓝的巨幕，安静而神秘。看看浮岛的方位，差不多就在绝顶的中心水域上了，再看看水面，像镜面一样的沉迷。一切都是最好的安排！往前走就是了……

小童侧身钻进那些树干中间，倾斜着躺在阿里身上，用力把它的双臂合紧，让它能够抱拢着自己，然后做了几个深呼吸后，伸手解开了系着活扣的草绳……

阿里，全靠你了……

他拍拍阿里的手臂说道。

水面荡漾一片涟漪，阿里抱着小童入水而去，它的自重加上小童的
体重，"两个人"在水里急速下潜着，很快，进入了黑暗之中。

死寂般的黑暗包裹着小童，他甚至感觉不到自己在下潜。

出去会是更好的世界吗？

他在想……

还是就此沉入深渊呢？

他接着想……

原来，人在什么也看不到的时候，就能清楚地看到自己的内心了……

他看到父亲在大海浪中飘摇的身影，也听到了父亲那平静而苍凉的歌声，像大地群山溪流般的故事在耳边回荡，那是真正的勇士留给一个男孩的精神力量！也许，父亲从未离开过我，他始终以这样的方式陪伴着我啊！

他看到叔叔接听自己的电话时，脸上难掩的期盼……对啊！下一个电话应该是自己拿到金腰带时，第一时间打给他的。

他看到阿小又带了一个比自己正常且强大的拳手，他们一路过关斩将，风光无限地赢取了金腰带，获得了满场喝彩！是啊！那家伙为我付出了那么多，压抑了那么久，是该让他翻翻身了，出去吹吹牛也好有点资本啊！

他也看到了新兆，还有比他更好的对手吗？没有！自己始终知道。这让他忽然觉得浑身充满了力量，因为他看到新兆终于回到自己的训练馆，疯狂地投入训练，全力备战。所以，自己面临的将是一场残酷的终极对战啊！

出去！一切立见分晓。

……

可是，出得去吗？

小童觉得自己的思想在这卡了一下。

黑暗依然死寂。

一直到后来很久，小童都没有想明白，他和阿里的重量，在这样的深水阻力中，下潜的过程能否得出一种科学的速率来。说起来，还得谢谢仓井先生！那个变态的大水箱和他残酷的折磨，没有那些水下的气息训练，自己是无法离开绝顶的。原来，你所有的付出都不是白白的哦，它会在你意想不到的时候给你回报！唉，管它呢，也许绝顶这回事，只是自己的潜意识中曾经闪耀的一丝微光而已！

等等……

小童真的感觉到了一丝光亮，虽然若隐若现……他四下环顾，终于在自己的右上方看到了光源，真切得令人全身发抖！他用力搬开阿里的双臂，顺着惯性跟随了它一会儿，不舍地看着这个忠诚的朋友向无边的黑暗中渐渐远去……然后，小童向那片光亮奋力地游去。

世上的光……直觉对他说！

手机振动个不停，阿小把摩托车停到路边，刚好是他们当初来过的那个主题酒吧门外，他走到带雨搭的台阶上接起了那个年长护理师的电话……

对方只说了一句话，阿小张大嘴巴一动不动了，看样子根本无法呼吸。

雨停了，阿小站在台阶上向清朗的夜空伸出双臂，做了一个洛奇得胜后的经典动作，那些幽暗的霓虹把他的身影闪耀得酷酷的！

在这里，
你比平时跑得快。

小时候在海边跑，
一跑就是几天，
心里在想，
说不定哪天跑着跑着，
就能看到阿爸，
好像他……一定能回来！

是啊……
你没了爸爸，
所以整天念起他，
我有儿子，
却总也见不着！

112 大战

大战之前。

湖畔，仓井在专心钓鱼。小童坐在旁边摆弄着一根新鱼竿。

小童：这段时间……我去了一个地方……好像是在梦里。不，不是梦，是去了一个……像梦境的地方……或者说，那个地方像梦境……

仓井扭头盯着小童看了看。

仓井：嗯，听起来像是梦！

小童：不是梦……是在海上，那地方有上千米高，三面是直立的峭壁，一面是飞天大瀑布，有很多水和奇怪的树……还有……

仓井：还有很多很多鱼很多很多鸟……

小童：你怎么知道？

仓井：有水有树，当然有鱼有鸟，你爸没教你啊？

小童：是啊！我在那每天捕鱼，还搭起了自己的草屋……

仓井：是不是还筑了鸟巢，经常遭遇风暴，你又千辛万苦地重建了家园？

小童：你怎么知道？

仓井：我当然知道，这些不都是你爸教你的吗？一天到晚挂在嘴上。哼！

小童下好了鱼竿，看看仓井身旁的鱼篓，空的。

小童：那，你猜我怎么回来的？

仓井：扯淡！

小童：什么啊？

仓井：你可以飞下来啊跳下来啊，都行。做梦又死不了人！

小童：什么呀！都说了不是梦……它中间是空的，全是水，我走的水里……

仓井：哼……怎么听都是梦啊！

小童：哎，你知道，我能出来靠的是什么？

仓井：憋气！

小童：什么啊？我靠的是意志，就你说的那种，强大的意志……你教我的你都忘了？

仓井：什么啊？强大的意志不是用来做梦的！哎……那你梦里有没有说……你怎么上去的？是飞上去的还是爬上去的？或者有一群坏人，他们绑架了你，用直升机把你空投在上面，像扔个包裹那样，然后等着拿赎金？

小童：哎呀，此处忽略……算了，我还是跟你说重头吧……

海边，仓井的货车在飞驰，小童光着脚在后面狂奔。渐渐地，小童越跑越快，他超越了货车，跑出了最后一段海岸。仓井叼着烟，眯缝着眼睛看着小童的身影……

我还在上面遇到了阿里，你知道吗？它帮我做了很多事……

是不是给你做陪练啊？你不是说很久没打对抗了吗？我看你就是欠扁啊！

不是……是真的，我每天跟它练拳。阿里！摆拳……阿里！刺拳……我下潜……我进攻……我左勾……我右勾……我……

哼哼……阿里！做梦吧你就……

货车停在海边，小童和仓井靠在车厢上望着大海发呆。

在这里，你比平时跑得快。

小时候在海边跑，一跑就是几天，心里在想，说不定哪天跑着跑着，就能看到阿爸，好像他……一定能回来！

是啊……你没了爸爸，所以整天念起他，我有儿子，却总也见不着！

仓井苦笑着点了根烟，手里掐着一截小刀片儿，咔咔地刮着车厢上的一块残漆。

小童看了看仓井，没再说什么。沿着涨潮的沙带，他飞快地向前跑去。

他跑着，向后挥了挥手。

打完了比赛，我回来陪你钓鱼……

小童昏迷了二十一天，说醒就醒了，连手指都没动一下。

他先感知到了室内的光线，微睁开眼睛，就看到那个年长的护理师了……经过了一场生死边缘的起伏，小童变得成熟果断，内心真正地强大起来。随着体能的恢复，身体再也没了失痛的羁绊，性情也开朗了许多。鸣哥安排他们每天在拳馆进行赛前深度训练，柠檬有时会来探探班，她总会带些好吃的给大家，每次一来，大伙都开心得不得了，很快成了拳馆最受欢迎的人。休憩时，阿小会和柠檬唠叨那些小童昏迷期间的杂乱事，惹得小童大声呵斥：难怪我没休息好，发生那么多事又那么吵，原来是你这家伙，一直在折腾我啊！

阿小：哎你个土豆片儿，要不是我那么折腾，你还不知睡到某年某月呢！

小童：睡着挺好啊，不用被你逼着打拳。好累！好惨！我都不想练了！

阿小：行！少爷，你狠！快接着练吧，晚上给你炒土豆片儿，那种变态的辣椒圈儿……爆炒，加豆豉的……

阿小学着小童的语气说着那道菜。末了，又加上一句：你个欠炒的！

大家正说笑着，鸣哥带了一个人回来，那人看上去有五十多岁了，衣着随意，身板儿结实，说话声如闷雷，鸣哥好像很尊敬他。

鸣哥：大伙都过来吧，来见见前辈……

他招呼大家进了休息室，伙计已经把酒菜备好了，鸣哥把众人一一介绍给那位前辈。来人名叫阿光，人称光哥，鸣哥说他是了解京都拳击界内幕的人。后来，阿小他们才知道，光哥和京都搏击会老板峻先生是同乡，都是台湾人，他们在二十世纪八十年代趟了京都拳坛，有过一段生死交情。光哥酒量奇大，喝酒寒暄一阵，进入正题。

光哥：你们的事，一鸣都有给我讲，一个有担当，一个是传奇，我都有震撼到欸！

柠檬放下酒瓶抢道：还有我呢！我！小童去黑拳场救小哥之前，我一直在他身边，鸣哥没说吗？

光哥：这个啊……一鸣倒没讲过，哎你现在讲也算数啦！没关系没关系都算进来好啦！我都有震撼到，真的不骗你们……

阿小：这也不算什么，朋友还不就是这样，听鸣哥说，光哥前些年一直做教练对吧？

光哥：对，就在拳迷协会的训练馆，当时有二十几号拳手哦！啊……那时新兆也在，他还是个小拳手，整天惹是生非但有天赋，没办法，这种小屁孩超逆的，他捅破天你挡不住他的……想想，一把伤心泪啊兄弟，怎么讲？你刚刚弄好一个……啪！拿走了！干什么？拿去赚钱啊！当我是什么？车钳铣刨磨……加工标准件吗？搞什么飞机？做娱乐、上通告、弄绯闻……×的都是跟拳击无关的鸟事……我们辛辛苦苦……把人当人才，他们呢……轻轻松松……把人当横财！就工具嘛……手段还真是下三滥……

起了话头就停不了，光哥连酒都忘了喝。

光哥：我骂的人是谁？说来你们也知道……就阿峻嘛！外面叫他先生。你们这次争霸战的幕后老板啊兄弟！

阿小：这样？难怪这次规模搞得这么大！说起来，之前我还给他做了半年的松骨师。

光哥：噢那你松骨了不得，他每年都在世界各地调来好手，没办法，那是之前受罪落下的病根子！

小童：其实，看到这种规模，我都有些担心，怕辜负大家……而且，这次新兆也真拼了……

光哥：哎……我跟你讲，我看过你们对抗，顶多打平，说不定你还会赢！这种大战，宣传一出来，输赢老板已经赚翻天，赔的是那些押注的。你打你的，拳击都为赢嘛对不对？我讲的是背景，你们听了，好过不知道。

说到这，光哥喝了一大杯酒。

光哥：当初，我跟阿峻刚来日本，只能住水上铁皮屋。那水臭的……

臭气熏天……不堪回首！受的罪我都不敢细讲。他那时要做拳赛推广人，没人好推就推我，往哪里推？黑拳场！每天我都被打得死去活来，好惨哎！他呢？就在那边数钱，因为信他嘛，我从不问赚多赚少，后来才知道，他拿我的命赚了好多钱欸！不过他也救了我一次，有个老板想让自己的拳手在一场比赛中打死我，说给阿峻一笔钱，他没答应，我们就撤出了那个场子，估计那时他的良心还没有坏死掉！后来，他和别人办了博彩，我跟着他算是保镖。这时，机会来哩！迈克泰森跟道格拉斯约战东京，他的博彩公司一下发了横财……从那以后，他为自己打广告，把自己包装成知名拳赛推广人，网罗了一大批拳手，在拳击界呼风唤雨欸！接着，就像那个火箭……嗖的一下，火箭！一发不可止！像什么京都搏击会、拳迷俱乐部、京都体育频道……全是他的，威风吧？还是八面的欸！做的事跟拳击没鸟关系，怎么讲？名义上是娱乐，手段是暴力，投机舞弊巧取豪夺，还号称自己是把拳赛娱乐化的亚洲第一人！照这样讲，他 × 的……机会属于投机者欸！× 的说到底，阿峻是个聪明人，怎么讲？给拳手编故事他最擅长，就那种曲折的经历跟动人的故事。就讲黑雄，那是他包装出来的拳王，可不是自己打出来的欸……

原来，生性孤僻内心怯懦的黑雄，当时只是京都搏击会的一名安保人员，可他天生几分凶悍相，加上从小干粗活练就的厚重身板，被峻先生一眼看中。他知道黑雄是块好料，有天和他谈了一个下午，之后，关于黑雄的各种暴力剧情轮番上演……

——标题：街头拳霸现身京都搏击会

视频：安保身份的黑雄误入格斗区，为救一名濒死的日本小拳手勇斗黑人格斗士，场面血腥，打斗残忍，最终现场 KO 了凶猛的对手，维护了道义，赢得了尊严。

——标题：正义之战！街头拳霸拆屋现场勇斗黑帮

视频：破烂的棚屋强拆现场，一帮老少弱势群体悲愤地对峙着手拿铁棍的黑帮凶徒，眼看着蜗居被拆毁却束手无策，黑雄现身，一个人暴打二十几个……最后，他勇猛地赶跑了黑帮分子，维护了正义，赢得了尊严。

光哥大略地讲了峻先生包装黑雄的把戏，灌了一大口酒，然后瞪着充血的大眼睛看着众人。

光哥：狗血吧？狗血！相信吗？相信！为什么？京都搏击会太他×有影响力了欸……再加上京都体育频道跟众媒体的狂轰滥炸，不假亦真才怪！说起来还是阿峻有种欸！怎么讲？噱头来了欸！所有人都发出一个声音——街头拳霸是谁？谁是街头拳霸？接下来会发生什么？哎！所有人都着了阿峻的道了欸！就是嘛……就只有他知道，接下来会发生什么鬼事……

京都体育频道开始大肆采访报道黑雄，其形式基本属于黑雄口述昔日磨难沧桑经历，内容为街头拳霸是怎样炼成的云云……

拳击界专家、教练、前拳王等轮番登场，大谈特谈黑雄的体能与战术，并兴致勃勃地为其设立假想敌，预估战绩……什么体能超凡像公牛啊……什么打法尤其是右勾拳像拳王泰森啊……什么防守反击技战术过人啊……什么移动如风震慑力超强啊……甚至有说能与帕奎奥打成平手的！

火候已到，蓄势待发。超高关注度下，一个如闷雷震耳的名字横空出世——移动之山黑雄！

光哥：那阵子啊，媒体上都在吹黑雄的事，那个攻势叫什么？叫作地毯式轰炸！总之在黑雄身上，阿峻砸了很多钱欸！他这么搞，怎么样？拳击之星就出来了啦……还是星高潮欸！那你当黑雄是什么？那就是阿峻的横财欸！拿下三条金腰带……不发横财才怪！鬼都不干！

在此期间，峻先生为黑雄安排了多场中量级别的挑战赛，并设法让其他拳手放水，为黑雄创造不败战绩，令其热点与话题持续升温、高潮迭起。同时，黑雄也开始了长达六个月的魔鬼训练。

之后的两年，黑雄不负峻先生所望，接连拿下了三个拳击组织的三条金腰带，又打了数场拳王卫冕战，基本保持了不败战绩，成为峻先生的赚钱机器。

光哥：黑雄也蛮可爱！做稳了拳王怎么样？人家真的维护起自己的尊严哩。让他在比赛中放水？免谈！我黑雄不能对不起广大拳迷。让他在访谈里说瞎话？不会！我黑雄是一个忠厚的人。让他制造负面新闻？不行！我黑雄好不容易建立起来的正义形象岂能毁于一旦。乖乖！这怎么娱乐大众哩？你可以从好变坏再从坏变好，阿峻要的就是你变欸！你一成不变生活安稳不打架不骂人既不吸毒也不嫖娼还不让制造绯闻？乖乖！你黑雄光知道在拳台上 K 人啊？那怎么夺人眼球欸？要是没人吐你口水骂你忘恩负义说你吸毒嫖娼……那阿峻还娱乐个屁？可是，阿峻是谁呀？他让你能上当然能下！正琢磨呢……新兆来哩……那次啊，我带着他去打一场黑雄的垫场赛，你猜怎么样？这小子喜欢搞怪，他挂着双拐就上台哩！他把那个对手啊……一回合打得满地找牙托欸！下了拳台，他还用拐指着镜头大骂黑雄，骂了足足五分钟欸！

没错，坏小子狼人新兆几乎是在最正确的时间点，出现在峻先生的视线里……他面相凶狠，性情暴戾不驯，言语犀利嚣张。在拳台上，他有着狼一般的攻击性，常在第一回合 KO 对手。媒体都对他趋之若鹜，因为他到哪里总能惹来一堆麻烦事，不是吸毒就是打架，或者在赛前媒体会上骂晕对手追打记者……

　　光哥：哎……这种坏小子，阿峻最他 × 喜欢，只要在对的时候踢他一脚，即刻便会光芒四射欸。于是，就有了环球馆那场金腰带之战！那一场挑战赛，新兆六回合 KO 了黑雄夺了他的金腰带也征服了所有观众，拳迷们那是大饱眼福，阿峻赚得不亦乐乎欸。

　　新兆拿下黑雄半年以后，峻先生又策划了虹馆的拳王争霸战，想在最后一次榨干黑雄的剩余价值，顺势把新兆推向职业巅峰。没想到这期间，黑雄很忧郁，他嗑药成瘾，连通检都没过得了，就被联盟给禁赛了……

　　再说新兆也不顺当，垫场赛出来的八扎没成对手反成炮灰，自己因为恐水症发作导致严重犯规，还遭到禁赛一年的处罚……

　　光哥：我不夸张地讲，后来啊，阿峻看到小童跟新兆的对抗，他就立马看到了一场悬念丛生万众瞩目的超级大战欸！只不过……这次还得有个炮灰，我看八成会是新兆！

　　光哥一口气扒了峻先生老底，还把京都拳坛的乱象翻腾一遍，看来憋得够久的。大家听得也是上天入地，云里雾里。末了，他又把新兆

的打斗特点和坏招异数给小童详解了一遍，小童知道他训练了新兆三年，当然比自己了解新兆。他仔细听认真记，越发觉得新兆是一个真正的对手，也对将至的大战心怀忐忑与期待。

一轮硕大的圆月映衬着都会。

在两端摩天大楼的顶角，相对站立着小童和新兆。忽然，两人飞跃而起在空中相撞，视角三百六十度旋转跟随，接着是电光石火般的打斗，小童身披红色超人战袍，新兆背负着一团狼形的烟雾，两人一边激战一边急速坠落而下，广场上的人群车辆大乱，他们惊心动魄地看着从天而降的两大战神……两人坠落在一辆大巴车顶继续打斗，随后跳进大巴车内打，接着追逐飞跃到附近的跨海大桥顶端上面打，再到电视塔尖上打，几乎打遍了地标建筑后，终于降落在环球体育场的超大拳击台上……两人悬空而立挥拳相向，脚下是"超级人狼大战"的巨型滴血字体，极尽视觉刺激！

"中国拳击超人对战京都卫冕拳王狼人新兆！"一行字幕轰然落定……

咔嗒一声，峻先生关掉了墙上的 LED 大屏幕。

峻先生：好，比黑雄那场还要精彩啊……记着，酬金定到五百万美元，拳注可要翻倍噢！

坐在旁边的大友点头应承着，看了看对面的其他几位高层，有京都体育频道的，有环球馆的，还有拳迷协会俱乐部的……

大友：其他媒体的联合报道跟进得如何？

"所有宣推视频和采访通告已经发布，保证铺天盖地无孔不入……"有人答道。

大友：商业赞助呢？

"全部到位了，而且创下争霸战最高纪录，还有一批往里挤呢，都快破头了……"

又有人答道。

大友：先生，还有什么问题吗？

峻先生：你们都是老手，我还有什么好问的……现在是万事俱备，只差彩头了，那边，你可要盯死噢！

大友：是是，先生请放心！嗯……说起来，我有个问题，不知……

峻先生：说。

大友：这次的争霸战……推广规模这么大，为什么要把那个中国拳手摆在主控位置呢？

峻先生：这个啊……哈哈……打完了，你自然会懂……到时候，这个问题就变成了一个话题……

看到大友似懂非懂的样子，峻先生又补了一句。

峻先生：做大事……

大友赶紧低头应道：要耐住性子！

其他几人附和而笑。

网络、电视、交通、户外……满世界都是炫目的 VCR 视频和终极海报，它们铺天盖地无孔不入地渲染着这场堪称华丽的赛事，吸尽了人们的眼球，也吊足了拳迷的胃口！

作为争夺 TABF 次中量级拳王金腰带之人狼大战，这场比赛当然被拳迷们视为最具看点的年度大战，一如峻先生所言，给麻烦不断的新兆拳王找一个有趣的对手，大众就会看着他们缠斗下去直到巅峰！

赛前媒体发布会现场。

称重之后，小童和新兆面对面站立，进行对视三十秒仪式，望着冷酷的对手，他忽然想到了仓井先生……

新兆在获知小童昏迷二十一天的事情以后，想要约谈小童一次，未能实现。此时此刻，各怀心事，两人都是面静心不平……但有一点谁都看得出来，他们都把彼此当作真正的对手！接着，联盟的官员向媒体宣布对小童的复核仲裁决议——取消上次比赛的假拳禁赛处罚，经过检测，拳手目前的体能状况完全符合正常比赛要求！

最后的媒体提问环节，新兆一改往日满嘴放炮辱骂对手的坏习气，他几乎一言不发，反而令现场气氛更加紧张压抑。小童呢？他只对所有媒体说了一句话就了结了这场盛大的发布会……

让世界知道我是个正常的拳手，不管这场比赛输赢，都是公平的！

现场响起一片掌声……

大战前夜，小童让阿小给自己理了一个在"绝顶"时的发型，其实就是推，就推个酷酷的光头。完了，哥俩儿坐下来喝啤酒聊天。

阿小：忽然想到一件事……

小童：说说。

阿小：你刚来的那天，看新兆和黑雄的比赛录像，就坐这儿，你说自己有种预感？

小童：强烈的预感……

阿小：说说……

"哐哐哐……"

又是重重的敲门声，小童离得近，赶紧跑去开门。一个肥硕的身躯几乎把门框塞满，小童盯着来人的脸，瞪大了眼睛，又上下打量着对方的身材，张大了嘴巴。

小童：阿祥……

是阿祥没错！只是身材变成了两个阿祥！他张开双臂来了个满满的熊抱，拍着小童的后背，难辨真假地哭诉起来。

阿祥：少爷……啊呵呵呵呵……我出了机场……就把背包落在了巴士上，电话、钱包、护照全都没了……啊呵……亏得我记着拳馆名字，到那要了地址才找到你呀……啊呵呵……

小童：好了阿祥，快进来说话吧，没事没事……找到就好！

给小哥和阿祥做了介绍，小童打开一瓶啤酒为阿祥压惊。

小童：你怎么搞突袭呢？事先也没个电话？

阿祥：嘿嘿……帮你抬金腰带呀，听说那玩意儿超重的……哈哈！

阿祥灌了一通啤酒，呼哧呼哧喘着粗气逗笑着。

阿祥：你叔让我来的，说要给你个惊喜……再说，这种超级大战，没个家人站场助威也说不过去嘛！

小童：唉……那个老顽童！可是，你怎么肥成这样的？好像两个阿祥……

阿祥：啊……这个啊……你一走呢，根本没人打那鬼东西了，也就没人拿我当靶子了，训练一停，加上每天喝啤酒，就这样啦！现在想想啊，给人当靶子每天被人扁的日子还超赞的呢……

阿小跟小童都被他给逗乐了。

小童：知道什么叫欠扁了吧？这好办，小哥，给我拿拳套……

阿祥：干什么？

小童：你不是想挨扁吗？我保证……让你变回一个阿祥……

阿祥：干什么？我可是来给你擂鼓助威的，哎哎！我是你的胜利使者欤！你得保护好我呢！哎哎哎……

　　这几天，在鸣哥的拳馆里，大家总是围在电视前收看这场大战的后续转播。节目制作得很精彩，有赛前训练花絮，有小童和新兆的采访专辑，有赛事的全程实况，有专业的赛程点评，最有趣的要数那些拳迷的随机访谈，有冷静的有失控的，有骂街吐口水的也有激情崇拜的，还有不少女拳迷对着镜头向小童示爱！真是五花八门林林总总……

　　不过，听听拳迷的声音，就能感受到大战现场是何等的惨烈！
　　"第八回合前半场的新兆已经打回了拳王的霸道，尤其是那个跨步直拳，绝对堪称经典！"
　　"可是，后半场小童的逆战让我看到了新的拳王啊！一连串上步连击和左右勾拳就是打得惊心动魄嘛！你有见过左右勾拳一样狠的吗？要不是铃响前新兆那么拼命地熊抱，也许第八回合小童就会终结他了不是吗？"
　　"小童在第四回合到底有没有学泰森咬对方的耳朵啊？"
　　"没有啦！他被新兆抱得太紧就冲他耳朵大喊了一句什么，可能震破了新兆的耳膜他才反应那么激烈，我反复看过录像，真的不是咬只是喊啊！"
　　"最先见血的时候，我甚至怀疑那个中国拳手还是不知疼痛呢？"
　　"不是不痛是不惧呀，那家伙好像天生不惧打，以前从未见识过这样的拳手！"
　　"拳击超人的左右勾拳力量一样大，好可怕，这也就是他 × 的新兆，换成别的拳手会立即被 KO 的，也许当场死掉也说不定，我当时心跳

快停了，我靠！"

"听说他是新兆他老爸训练的，那两个重拳是在水里面练成的，没想用到了儿子脸上……"

更多的人把议论焦点落在了结果上……

"混蛋的拳手，能赢还放弃，老子赔了很多钱。"

"我本来押新兆第五回合 KO 对手，谁想这混蛋被 K 得那么惨，整天就知道满嘴放炮……"

"这一阵子好很多哦！备战拳击超人相当努力哦！没办法哦！狼人遇见超人哦！你应该学我押点数哦！认命吧你哦！"

"第三回合被人家 K 倒时，我在底下狠骂了新兆一通，还以为第八回合的逆转能他 × 的怎么样呢……"

"中国小子还是没有打出最后那一拳，那绝对是致命一击！你知道他为什么放弃吗？"

"我觉得很失望，他放弃了金腰带……他不是好拳手！他放弃了就不是。"

"你傻了吗？是放弃了金腰带，可他救了新兆的命啊！本来可以要他的命啊！"

"那又怎么样？拳击就为赢！"

"谁都看得出来，他就是最后的赢家啊，全场站起来给他掌声不停你都听不到吗？你这样的傻瓜不配看这场比赛呢！"

"第十二回合真的惨不忍视啊，我看见新兆双臂垂落，双眼被封喉，双腿弯曲颤抖，前后晃动站立不稳，像个待宰的羔羊，或者，没有灵魂的……那种飘摇在风中的稻草人啊！那样子，让我一下想到了当初，他拿下黑雄的一幕，也是连牙托都打飞了……"

"次中量拳手，打满十二回合的，这些年就不多，中国小子是个传奇啊！最后，右拳举起来，我心想，这下新兆死定了！可他停在半空足足十几秒，我眼看着那拳一直在抖啊抖的……他就一直那么举着，一直等到铃响也没打下去，传奇啊！"

……

小童为什么没打出那最后的致命一击？

一进入第十二回合，小童就知道新兆已经不行了。他不仅视物模糊，连头脑意识也已进入了迷糊的状态。小童本想正常KO他终结比赛，可新兆也是个意志顽强死不认输的主儿，他混乱地走位，迷迷糊糊地挥拳乱打，竟然又和小童支撑了半场有余。找到机会，小童给了对手几个连击，体能崩溃的新兆几乎连躲闪都无力了，就那么挺着被小童击打，此时，他倒像是个失痛者一样，让小童大感吃惊。

"嘭！"一记左勾，新兆鼻孔大股地冒血……

"嘣！"一记直拳，新兆嘴角一咧，牙托混合着鲜血喷涌而出……

最后几十秒了，新兆双臂下垂，满面流血地死盯住他。小童移动着细小的碎步，听着两人的呼吸声，对峙着，判断着，等待着……他希望新兆能够自己倒地，场上有人捂住嘴巴屏住气息，有人狂躁地大喊着击倒他、击倒他……鸣哥和阿小他们在拳台下怎样挥手、提醒、叫喊，小童都视而不见，置之不理。他只看到了新兆的教练山姆被一帮人抓紧手臂牢牢地控制着，那帮人有峻先生的人，有拳击联盟的人，甚至还有新兆的经纪人简先生……

第十二回合开始后，山姆几次试图扔毛巾认输以保护新兆的性命安全。现在，他急得眼睛冒火，比赛依然在进行，新兆一点一点地走向生命的临界点……小童最直接地看到了这一切，他感到无力，他也不懂，

112
大战

这是一群怎样的魔鬼，为什么置拳手的性命于不顾？

无法多想也不能再等了，小童跳到了摇摇晃晃的新兆左侧三十度位置，他深吸一口气，向着新兆举起自己的右手拳……全场哗然，所有人都张大了嘴巴看着小童那高悬的右拳，所有人都知道，这一拳，对小童意味着拳王金腰带大功告成！对新兆却几乎意味着……死亡！

最后十几秒了。

小童的手臂颤抖得厉害，但是他挺着。

颤抖着，挺着！

挺着，颤抖着！

怎么还不响铃呢？

耳边，仓井先生的一句话给了他倒数的节奏——

你没了爸爸，所以整天念起他，我有儿子，却总也见不着……

没错，这个时候，能救新兆性命的，只有仓井！

怎么还不响铃呢？

……

掌声，不停息的掌声……

小童能听得到的只有掌声，他的右拳还在举着，根本听不到铃响！

电视里还在没完没了地播放着这场争霸战的现场录像，穿插着拳迷的各类访谈。

小童端着一客牛排走到吧台前，他左右扫了一眼，放下牛排关掉了电视。

他绕到吧台的另一边，看到柠檬和一个员工正在调节着装置墙的射灯光效，那上面是两人一起打出来的墨点画杰作，被柠檬放在了大厅门廊居中的惹眼位置。

小童：我又做了一份，打分吧！

他端着牛排，走近柠檬说道。

柠檬的兴致全在画上，她上下看着，又用手机拍着，只微微瞥一眼牛排。

柠檬：过火了，配菜不精致，土豆泥不够滑糯，食材没感觉，根本没有欲望！

小童看看牛排，又看看面前的墨点画。

小童：落点无张力，虚实没分寸，形态空洞，完全没有灵魂！ 说你呢，就你打的，就那三分之一！

他指着柠檬击打的那部分墨点嘲讽道，说完转身要走，被柠檬一把拉住。

柠檬：来，拳击超人，看镜头！

两人贴得有点紧。要命！那个发香……

小童：我不是拳击超人！

柠檬：看镜头！

小童：我不是……

两人贴得更紧了。

柠檬：原来不是现在是！

小童：不是！

柠檬：是！

小童：不是！

柠檬：是！看镜头啊你！

大战之后。

　　为了给你庆祝，鸣哥张罗得热火朝天，你倒好……撂下就走……非要跑来钓什么鱼！

　　那天在海边……我告诉先生……打完了比赛，就来陪他钓鱼！

　　这时候回来……跟人家怎么说啊？说我赢了你儿子，咱们钓鱼庆祝？

　　什么也不用说……坐下钓鱼就好！

　　你太简单了，那毕竟是他儿子……

　　有些事不能想太多……去做就是！你说过的……

　　不跟你说了……风大，太累！

　　那我说你听……我不怕累。那天，你救我出来……走的真是运尸房吗？

　　什么运尸房？

　　就人体沙包那条暗道啊……

哪来的暗道？

就你那个密室啊……红红的小小的，里面有机关……你啪啪一按就开走啦……

什么什么啊……你是不哪里又出问题了？什么乱七八糟的……

什么什么乱七八糟的？我记得清清楚楚，就这么出来的……

啊……我知道了！你被那个家伙打傻了……睡在我那不停数数……还以为你做梦数钱呢……

怎么可能？哪有那么清楚的梦？

是梦！

不是梦！

就是梦！

不是梦！

不跟你说了……风大，太累！

摩托车停在了草丛边，他们下了车就看到了湖畔上的仓井，嗯哼……不光是他自己！从背影也能看出，是他们父子两人。

看吧！你巴巴地跑来……看两个大男人钓鱼！

不……是一个男人跟一个男孩……那是个男孩！因为……他还有父亲！